SÉO [illegible] AUT

Ta vie commence maintenant, dans cette nuit
Où Séoul est devant toi comme une baleine.
N'hésite pas à entrer
Dans la gueule de la baleine.

KO UN

On atterrit. Je sors du ventre de l'appareil avec des ankyloses de nourrisson. Surpris par une gifle d'air glacial de l'hiver extrême-oriental, puis tout de suite après par la chaleur excessive de l'aéroport d'Incheon, je me laisse passivement entraîner par le flux des Coréens. Le contrôle se fait sans échanger de paroles, seuls résonnent les coups de tampon et crissent les chaussures sur le sol éclatant où se reflète la treille de tubes métalliques de l'aérogare. Dans l'espacc vidc au-dessus des têtes, des haut-parleurs jacassent abstraitement, tandis qu'au départ des tapis roulants et des escaliers mécaniques une voix de synthèse répète en boucle d'inutiles consignes de prudence. Il semble y avoir plus de vie dans ces poteaux de métal quand dans les corps fourbus des passagers. A la sortie de la douane, une jeune Coréenne, une étudiante probablement, retrouve ses parents qu'elle n'a pas vus depuis au moins six mois, peut-être plus d'une année. Le père avance un chariot, la mère fait un petit geste de la main, la jeune fille s'incline respectueusement devant eux, et les trois se dirigent en silence vers le parking. Et la scène recommence avec d'autres passagers et ceux qui les attendent. Nulle embrassade ni effusion bruyante, mais une retenue cérémoniale, une économie de moyens et les signes discrets de la joie, un léger sourire, un œil qui brille, une chaleur distante. A quoi bon exprimer les évidences ?

Je reprends le logement d'un Français. L'appartement d'une pièce est au troisième étage d'un immeuble situé dans le vieux quartier de Malli-dong. Comme c'est la règle en Corée, le chauffage est au sol et, comme c'est de moins en moins le cas en Corée, le lit consiste en une natte et une couette posées à même le sol et qu'on replie le matin pour gagner de la place. Tristan, appelons-le ainsi, me montre d'un air navré comment procéder. *Ouais, ça tue le dos ce truc.* Pourtant, je trouve ce système très agréable. Certes, il faut bien une dizaine de nuits d'ankylose avant de l'apprécier, mais le corps retrouve le contact ancestral avec le sol. La dureté du support est compensée par la douce chaleur du chauffage qui circule des pieds à la tête. On se rêve en poularde qui se prélasse sur un chauffe-plat. On ne dort pas, on mijote. Au réveil, le corps est aussi lourd qu'au fond d'une baignoire tout juste vidée. On sait qu'on ne tombera pas, alors on se lève en roulant sur le côté. Tristan me fait l'effet d'un gardien de phare qui attend la relève avec impatience pour s'enfuir au plus vite. Il me tourne autour, il guette, il a dans le coin de l'œil une avidité de vampire. Il se lance enfin, plantant ses crocs dans mon innocence, prêt à inoculer le venin de son ressentiment. *Méfie-toi, méfie-toi, Séoul, ville infernale, les Coréens, fais gaffe, tu verras, les types qui rotent au restaurant, les vieilles qui pètent, les gamins qui se moquent de ton nez, les rues qui ne portent pas de nom, les trucs qui pourrissent sur les toits, les culs-de-jatte du métro, les insupportables sonneries de portables, des écrans géants partout, une consommation effrénée, un monde américanisé, y pensent qu'au fric, et puis les vieux qui te doublent quant tu fais la queue, les ivrognes de vingt-deux heures, les putes de vingt-trois heures, les GI's de minuit, les effarouchées du jour, les bridées débridées de la nuit, pas de milieu, amours toujours factices, fais gaffe, leur méfiance envers les étrangers, timidité tu parles, de l'hypocrisie surtout, et les vents de sable de Mongolie, la pluie jaune qui souille le linge, la mousson qui charrie des poubelles, les typhons qui fichent tout par terre, les fils électriques qui vont te tomber sur la tête, les moustiques qui te harcèlent, l'air saturé de dioxyde de carbone, la foule impossible à éviter, les haut-parleurs qui vomissent de la* dance music, *le regard imbécile des groupies, la campagne désertée, les collines rases, la grisaille sans fin, un peuple soumis, infantile, gavé de confucianisme, travail, famille, patrie, tu vois le genre, ça vit que pour bosser, pas de sécu, pas de vacances, pas de retraite, une armée en civil, nuque rasée des hommes, look vieille fille des femmes, maquillages gras, peaux d'une blancheur de cadavre, la nourriture trop épicée, de l'ail partout, un alcool dégueulasse, des tentacules de poulpe qui gigotent dans ton assiette, et le Nord et sa bombe atomique, Pyongyang à deux cents bornes, ça va péter un de ces quatre. Voilà, c'est ça, la Corée. Qu'est-ce que tu viens foutre ici ?*

Tristan cherche un miroir qui le justifie. Il m'en veut de ne pas me plaindre de la Corée et de ne pouvoir puiser en moi pour alimenter sa plainte. Alors il se venge, il l'accentue dans l'espoir que j'en absorbe une partie. Je connais trop bien le manège de cette générosité fielleuse. Qui a un peu voyagé réalise combien les Français ont tendance à exprimer le négatif et à restreindre le positif, là où les autres peuples font exactement l'inverse. Certainement n'en pensent-ils pas moins quand ils se trouvent à l'étranger, mais leur éducation les incite à intérioriser le négatif. Alors nous les jugeons hypocrites, menteurs, voire fourbes, parce qu'ils n'expriment pas directement leurs gênes, leurs agacements ou leurs incompréhensions. Comme ils se taisent, nous les soumettons à la question pour découvrir ce qu'ils pensent, sans percevoir qu'agir ainsi s'apparente à leur jeter une brique en pleine figure – et nous confessons nos malaises frontalement, sans comprendre combien ce déversement boueux est moins reçu comme un signe de franchise que pour ce qu'il est, une salissure. A force de revendiquer férocement l'affirmation de soi, nous avons perdu l'art des masques et le jeu des apparences. Il n'y a plus de personnages mais des sujets libres de penser et de s'exprimer sans retenue, des sujets sans auteur pour penser au préalable la scène et le rôle qu'imposent les circonstances. Tristan se rend-il compte que son discours aigri contamine l'esprit en le remplissant d'images, de représentations, de jugements dont son interlocuteur aura autant de mal à se défaire que d'une maladie contagieuse ? La seule défense immunitaire consiste alors à se mettre en position de spectateur, à se retirer de la relation, à observer avec distance celui qui se livre ainsi, comme la bête curieuse qu'il est, comme un symptôme néfaste qu'on se promet de décrire un jour. Une fois cerné par les mots, il restera derrière soi. *Qu'est-ce que tu viens foutre ici ?* Je ne lui ai pas répondu, imaginant des paupières à mes oreilles, pas plus que je ne répondais à la question rituelle des rentrées scolaires : *Que voulez-vous faire dans la vie ?* Ou bien je répondais n'importe quoi, pilote, maçon, pompier, facteur, juste pour m'en débarrasser, trouvant absurde cette nécessité de connaître la fin – de sa vie, du voyage – avant d'avoir commencé. J'ai détesté grandir à partir du moment où il fallait faire des projets et justifier ses choix. De mon enfance dans les forêts de châtaigniers en Dordogne et sur les flancs des Pyrénées, je n'ai gardé aucun souvenir de rossignol ou de sanglier faisant des projets. Ils étaient bien assez occupés à suivre leur instinct. Je comprenais le peintre Renoir qui avait pour maxime de se laisser aller dans la vie comme un bouchon dans le courant d'un ruisseau. Mais cette philosophie des êtres simples ne convient pas à ceux qui imposent de lire l'existence comme une carte routière. Au lycée, contre l'avis du professeur principal, du proviseur adjoint et du proviseur, qu'il a fallu affronter dans son bureau en le regardant droit dans les yeux et en adoptant son ton sec, j'ai quitté en cours d'année la section scientifique pour la littéraire. Cela ne s'était jamais vu. Il était inconcevable qu'un élève aussi bon en mathématiques, bien parti pour intégrer une école d'ingénieurs et trouver rapidement un emploi, puisse ainsi gâcher sa vie. *Mais pourquoi ?* J'inventais des raisons, un projet, une ambition, auxquels je ne croyais pas car je ne pouvais tout simplement pas donner une réponse ferme à ce qui n'était qu'une intuition. *J'aime les mots.* A quoi bon le leur dire, ce n'était pas une carrière. Comme une meute de chiens enragés, les mots me mordaient les chevilles depuis le début d'année. Ils cherchaient à me réveiller. C'est leur morsure que j'ai ressentie de nouveau avant de partir en Corée, alors que s'endormait la passion ancienne qui m'obligeait à repousser loin de moi tout ce qui la menaçait. *Change de territoire, va le plus loin possible, immerge-toi dans un monde inconnu, pars au point le plus extrême du continent eurasiatique – et tu nous retrouveras.* Je suis ici sans raison, mais j'ai rendez-vous.

Les premiers jours à Séoul immergent l'esprit et le corps dans l'expérience troublante d'une complète désynchronisation. Avec huit heures de décalage horaire, le début de la soirée en Corée du Sud correspond à la fin de la matinée en France. Je me couche à minuit et me réveille à trois heures du matin comme après une longue sieste d'après-midi. Je tourne en rond, je me lève et me recouche toutes les cinq minutes, je prends un livre que je laisse tomber sans parvenir à me concentrer. Faute de mieux, j'attaque une lessive à la main, ce qui, à cette heure-là, peut paraître aussi incongru, et peut-être pas moins dérangé, que de commander un whisky en plein milieu de la matinée. Mais, comme l'alcoolique qui croyait prolonger l'abrutissement de la nuit et ranime en fait sa soif pour la journée, j'obtiens l'effet inverse, et au lieu de m'épuiser dans une tâche répétitive dans l'espoir d'obtenir le sommeil, je me réveille totalement. Je m'habille pour faire un tour, j'ouvre la fenêtre et la referme aussitôt, découragé par le vent polaire de janvier et la glace épaisse qui brille sur le trottoir. Il fait moins quinze dehors et je ne sais pas quoi faire à l'intérieur. J'ai dans l'oreille un acouphène de fatigue, mes mains tremblent, mon lobe frontal cogne contre mon crâne, je suis trop agité pour me reposer, trop las pour m'activer. Je me noie sous l'afflux de sensations chaotiques accumulées depuis mon arrivée il y a deux jours. Des images vibrent comme des insectes entre les choses et mon esprit, l'aile lancinante de l'avion, les dalles éclatantes de l'aéroport, des mots énigmatiques en coréen, les chaussures bleues d'une femme en haut d'un escalator, la jeune fille qui s'incline à distance de ses parents, le visage impassible d'un homme d'affaires dans le train pour Séoul, les beaux yeux bridés fermés des autres passagers qui somnolent et, dans la découpe aléatoire de la buée des vitres, des morceaux de paysage blancs, gris, vagues. Je réalise que, détaché du temps et de l'espace par le décalage horaire et la nouveauté – n'étant plus là-bas et pas encore ici, n'ayant aucune habitude, aucun repère familier, car tout se présente à moi dans un langage inconnu et dans la singularité des premières fois –, je suis pris dans une sorte d'ivresse sobre, dans l'entre-deux de la veille et du sommeil, la conscience errant tel un oiseau dans un espace sans arbres. Et je trouve cet état très agréable. Il y a dans ce plaisir le souvenir archaïque de l'enfant faisant ses premiers pas et découvrant la pure extériorité d'un monde dont il est avide de se remplir et où il n'a pas encore laissé de trace. Il donne une dimension irréelle à ce qui m'entoure, je suis un personnage fantomatique dans un décor de théâtre – et je décide de profiter pleinement de ces brefs instants où je ne suis pas moi.

Une ville se reconnaît à un simple coup d'œil, comme un visage. Une foule de détails composent une personnalité unique dont l'accès est plus ou moins facile. Et, comme dans le monde des hommes où des individus fantasques s'agitent en public pour masquer le vide qui les habite et où des introvertis dissimulent les bizarreries de leur caractère, il y a des villes qui exhibent leur originalité mais n'ont aucun relief en dehors de la séduction touristique ; et d'autres, sans intérêt, qui ne disent rien, semblables à mille, qui pourtant révèlent une complexité fascinante à qui sait l'extirper de leur coquille. Quelque chose d'indéfinissable relie la multitude éparse des éléments urbains, l'aspect des bâtiments, la forme des fenêtres et des balcons, le ton des murs, les couleurs des enseignes des bars, des magasins, les affiches publicitaires, les marques des voitures, les taxis, les bus, mais aussi le timbre produit à travers la caisse de résonance particulière de chaque ville, l'odeur qui se dégage comme d'une tanière de bitume et de béton, un rythme envoûtant qui impose aux passants de régler inconsciemment leur démarche et leur attitude selon la partition des heures et des quartiers – cette *allure* à la fois évidente et impossible à saisir empêche de confondre une rue quelconque de Paris avec une rue de Londres, Barcelone ou Copenhague, tout comme les mots d'un écrivain ou les coups de pinceau d'un peintre sont habités par une présence appelée *style* qui permet de reconnaître immédiatement un passage de Flaubert ou de Proust, un tableau de Turner ou de Renoir.

Paris a des limites claires. Sa coquille enfle du premier au vingtième arrondissement jusqu'à la frontière du périphérique. Organisée en escargot, la ville en a le rythme, elle change à peine, peu différente aujourd'hui d'il y a un siècle. Paris a un centre, l'île de la Cité plantée dans la Seine comme un œil à partir duquel ses habitants regardent le monde. Paris peut se traverser à pied en quelques heures d'est en ouest ou du nord au sud. Paris est une ville de province poussée à l'extrême mais aux contours nets. C'est une ville de duel et de corps à corps qui s'embrasse et se conquiert, elle convient aux forts caractères, à ceux qui ont une haute idée d'eux-mêmes. Mais Séoul n'a pas de centre, pas de fin. C'est une nappe urbaine percée de collines et que traverse un fleuve cinq fois plus large que la Seine. Comme en plein océan, il y a un vertige permanent à habiter Séoul, à la fois une ivresse des immensités et un déséquilibre produit par un univers sans commune mesure avec soi. Nul n'en a une vue d'ensemble. Dans toute ville, il y a des lieux et des adresses qu'on fréquente plus souvent que d'autres, son logement, son travail, un parc, un marché, un bar, des magasins, ses amis. Si chacun effaçait de la carte tous les endroits où il ne se rend jamais pour ne laisser apparaître que les lieux familiers, alors il verrait surgir la ville imaginaire qu'il porte en lui comme un archipel d'îles éparses dont les liens entre elles sont aussi uniques que sa personnalité. A Séoul, l'archipel est encore plus dispersé, les îles plus éloignées, si bien que les vides de ma carte mentale de la ville prennent le pas sur les pleins. Séoul n'est pas à taille humaine, elle n'est pas faite pour soi. Une telle disproportion redonne de la modestie à mon personnage. Je suis là mais toujours ailleurs.

Le visage de Séoul ne se livre pas facilement. Les fragments aperçus s'assemblent d'abord en un tout opaque qui étouffe le visiteur habitué aux villes à taille humaine, aux bords de la Garonne à Toulouse, aux terrasses de café de Florence ou aux déambulations dans les quartiers de Lisbonne. Des tours d'appartements identiques et laides qui prolifèrent sans fin, des amoncellements verticaux de bars, restaurants, salles de billard, cafés Internet dans des immeubles couverts d'innombrables enseignes lumineuses, des magasins dégueulant de lumière et de musique agressive, des rues larges comme des esplanades, des voitures épaisses, anguleuses, noires, des quartiers aux traits communs, indifférenciés, peuplés de passants pressés de traverser, d'atteindre un but, téléphone en main, écouteurs aux oreilles, franchissant au pas de course les passerelles et les souterrains – un visage refait de ville maintes fois détruite et prise dans une frénésie de bistouri pour ne plus jamais stagner. Séoul veut changer plus vite que sa propre mémoire. Elle en aura fini avec son passé quand ses souvenirs ne seront plus que des mises en scène. Mais un regard plus attentif découvre peu à peu que la ville présente aussi la face radieuse d'une grand-mère coréenne à la peau épaisse striée de rides anarchiques, à travers les marques discrètes d'un caractère plus complexe, une venelle populeuse lovée entre deux immeubles de verre, le sol en terre battue d'une échoppe de bassines en plastique, des poteaux électriques précaires, un vieux qui fait griller des poulpes séchés sur des pierres brûlantes, une charrette-restaurant au pied d'une tour de bureaux, la tente chamanique d'un devin que consultent des hommes d'affaires, le toit d'une pagode entre deux banques, des joueurs de go sur un banc de pierre – un air de bricole et de système D, la trace des temps difficiles, le râle des traditions. Ce contraste est aussi saisissant que si en plein quartier de la Défense se rencontraient la cahute d'un rebouteux et l'atelier d'un forgeron. Séoul est un endroit merveilleux pour mener une vie d'artifice.

Mon quartier de Malli-dong niche sur une colline derrière la gare de Séoul. C'est un ensemble d'habitations de deux ou trois étages, construites à la va-vite dans le plus complet désordre et dessinant un réseau chaotique de ruelles où se bousculent des motos de livraison et des triporteurs chargés de pastèques et de melons. Cette broussaille urbaine se retrouve jusque dans les fils électriques qui prolifèrent en amas autour de poteaux chancelants. Les logements sont si petits que la vie déborde dans la rue, comme dans certains quartiers de Naples ou de Lisbonne. Mais c'est la vie des vieux qui s'affairent lentement ici, les jeunes ne viennent pas à Malli-dong, ceux qui restent sont des gens de peu. Les Coréens prennent un air désolé quand ils apprennent où j'habite. Ils préfèrent au chaos horizontal la vie bien ordonnée des constructions verticales, les quartiers modernes, les immeubles de plusieurs dizaines d'étages, les vastes appartements tous identiques, les rues larges et droites, l'image de la réussite. Malli-dong, c'est tout ce que la Corée contemporaine rejette, ou ne veut plus voir : l'ancien, l'imprévu, le brouillon, le précaire. Alors, assiégé par les tours d'habitations qui colonisent sa colline, Malli-dong va disparaître, et avec lui un peu de l'âme coréenne du centre de Séoul. Bientôt, on ne verra plus à Malli-dong ces jeunes enfants suspendus dans le dos de leur grand-mère à l'aide d'un *podaegi*, porte-bébé rudimentaire constitué d'une couverture, ni ces *ajummas*, femmes d'âge mûr, qui maintiennent en équilibre sur leur tête des jarres, des bidons d'eau ou des plateaux surchargés de repas à livrer, et qui contribuent à donner au quartier un air de village africain. A Malli-dong, le restaurant, c'est la dépendance d'un appartement au rez-de-chaussée où une cuisinière sert un plat unique, le *bibimbap* froid, mélange de riz, de légumes émincés, de champignons et de sauce pimentée, ou bien le *kimbap*, rouleau de riz farci entouré d'algue séchée ; la laverie, c'est un garage où ont été installées deux machines à laver ; l'épicerie, une pièce minuscule où l'on trouve de tout en petits formats ; le bar, un entresol avec des caisses en plastique en guise de tables et de tabourets. Je ne comprends jamais rien à ce que me dit le vieil édenté posté chaque soir à l'entrée du quartier avec une rôtisserie ambulante. Mais son regard chaleureux et l'odeur familière des poulets grillés farcis de riz gluant et de jujubes qu'il enveloppe soigneusement dans du papier journal me font instantanément oublier le monde bruyant et saturé de lumières et de voitures qui s'agite au bas de la colline. En pénétrant dans Malli-dong, on est simplement heureux de quitter la foule pour rencontrer des individus. La précarité de la vie se double d'un sentiment rassurant, l'idée que l'humain peut encore avoir le dessus – mais porté par des vieux, incarné par un quartier qui sera balayé dans quelques années par le désir furieux de Séoul de se détourner définitivement de son passé tourmenté.

J'ai deux Séoul, le Séoul d'en bas, vaste, moderne, lumineux, tout en lignes droites, et le Séoul d'en haut, chaotique et tortueux, perché sur la colline étroite de Malli-dong. Je peux marcher des heures dans le Séoul d'en bas, et je ne vois rien. La continuité sans surprise des rues tracées à la règle déconnecte l'esprit qui se met à rêvasser comme lorsqu'on effectue une tâche répétitive et ennuyeuse. Ce n'est pas désagréable, mais cela pourrait aussi bien se passer à Tokyo, New York – ou Paris, quand on suit la rue de Rivoli en direction de la Concorde, jusqu'aux Champs-Elysées, et qu'on redescend vers Neuilly et la Défense. La ville s'efface au fur et à mesure qu'on entre en soi. On peut même marcher un kilomètre sans s'en apercevoir. C'est généralement dans ces moments qu'on voyage intérieurement dans ses souvenirs et qu'on découvre des associations bêtes. Mais quand je reviens à Malli-dong, je prends des chemins de traverse. Le tracé des ruelles a suivi celui des habitations, et non l'inverse. Des hommes furent là il y a un temps immémorial et les rues ont pris la forme de leurs déambulations. On devine qu'ils bougeaient peu, allant d'un voisin à un autre, ou vers un champ, se conformant à la course du soleil et au rythme des saisons. Georges Ducrocq, géographe de passage en Corée en 1901, décrit Séoul comme un grand village aux toits de chaume dont les maisons ressemblent à des paysannes cachées sous des cornettes de paille. Au début des années 1930, rue de l'Amiral-Roussin, à quelques centaines de mètres de la tour Eiffel, mon grand-père passait devant une étable quand il allait à l'école. L'organisation de l'espace n'avait rien de rationnel, mais les hommes avaient leurs raisons. Cette apparence de désordre existe encore dans mon quartier et réveille le marcheur qui se sent soudain à l'aise au milieu d'immeubles à hauteur d'homme et d'installations bricolées. Un vieux tresse un panier sous un morceau de tôle, une femme appelle quelqu'un qui ne répond pas, un enfant suçote des nouilles dans un bol, un autre joue dans les vapeurs qui s'échappent du soupirail d'un blanchisseur. En fin de journée, je suis transparent. Nul ne me remarque, et encore moins ce couple qui s'engueule sur le trottoir, déjà éméché à six heures du soir. Mais voici qu'il s'écarte pour laisser passer une mère avec un bébé dans le dos qui jaillit d'un bar en courant pour vomir dans le caniveau, puis y retourne aussitôt. J'en profite pour me faufiler comme un chat de gouttière.

Séoul est sans cesse remodelée pour accomplir le rêve abstrait d'hommes géométriques. Pour être moderne, il faut construire des tours bien nettes et des immeubles sans aspérité. Comme tant d'autres capitales victimes de la même pandémie, le Séoul d'en bas est envahi par la ligne droite, verticale et horizontale. C'est un jardin à la française, mais en ville. Quand on aime les chemins des sous-bois, il n'est pas sacrilège de trouver que le parc de Versailles, c'est le comble de la laideur et de l'ennui. On devrait le cacher aux yeux des touristes pour que son prestige ne vienne pas susciter chez eux une admiration immodérée pour les figures trop régulières. Dans le Séoul d'en bas, les lieux se multiplient où le regard est pris dans une glissière qui ne s'arrête qu'aux angles droits. L'œil se désole devant un tel appauvrissement de ce qui le nourrit. Il est mis au pas pour devenir le curseur d'une rectitude imposée par un plan d'urbanisme. Alors, il se détache de ce qu'il voit et, prenant une revanche ironique sur l'ordre qui lui est imposé dans le monde extérieur, l'esprit vagabonde dans le monde intérieur. Dans le Séoul d'en haut, les rues de Malli-dong se divisent en branches et rameaux selon des courbes saccadées au bout desquelles bourgeonnent surprises et hasards. Il faut être à l'écoute de ces ruelles à la manière des Indiens shipibo-conibos du Pérou qui peignent des lignes angulaires entremêlées de façon complexe – et aléatoire pour qui ignore qu'elles représentent en fait des sons, de telle sorte qu'ils les entendent chanter quand ils les voient.

Tôt le matin, c'est l'heure des vieilles femmes, les grands-mères, *halmeoni*. Survivantes de la guerre de Corée ou veuves d'un mari qui s'est épuisé à la tâche, elles sont trois fois plus nombreuses que les hommes du même âge. Elles se lèvent avec le soleil et entament lentement l'ascension de la journée. Le temps leur a planté une gigantesque paille dans le dos pour en aspirer la substance jusqu'à ce qu'il ne reste que des plis et des os. Courbées en équerre et jambes arquées, elles s'activent sans cesse comme par crainte qu'un instant d'arrêt ne les enracine au sol. Elles trottinent, déplacent des objets, rangent des céramiques et des pots, se donnent elles-mêmes des petits coups de trique pour réveiller la vie qui somnole dans leurs membres trop secs. Posté derrière la fenêtre de l'appartement du dernier étage, je les observe chaque matin, fasciné par ces êtres qui persévèrent et qui, sans le savoir, transmettent une part de leur ténacité. A huit heures, elles disparaissent soudain. Au bout de quinze minutes, des trappes s'ouvrent sur les toits en terrasse, et des mains noueuses tâtonnent ; puis des têtes fripées et souriantes émergent des taupinières, et les grands-mères triomphent tranquillement de la dernière marche d'escalier. Elles sont vivantes tant qu'elles peuvent accéder au toit des immeubles. C'est leur domaine, à ces reines d'un monde ancien qui subsiste au milieu des cordes à linge, des antennes de télévision et des jarres en terre cuite où fermentent différentes sortes de *kimchi*, légumes trempant dans un mélange de piment rouge, d'ail, de gingembre et de sauce de poisson salée. Là, les *halmeoni* étendent leur lessive, entreposent des choses qui ne servent à rien et, surtout, elles font sécher tout ce qui leur tombe sous la main : calamars, piments, gingembre, kakis, champignons, algues, fougères, ginseng, au milieu desquels elles trônent avec des airs de prêtresses chamanes. Rabougries et décharnées, elles ont une étrange familiarité avec ce qui sèche devant elles – si bien qu'on imagine la jeune fille qui se déploierait si on les plongeait dans l'eau.

Ici, les fenêtres ont la discrétion des visages coréens, elles ne claquent pas, elles coulissent. Elles sont constituées d'un panneau vitré et d'une grille moustiquaire. Elles sont basses, adaptées à la taille des Coréens. Je l'ai appris à mes dépens un matin où, la fenêtre grande ouverte, j'examinais la terrasse d'en face pour savoir ce qui séchait sur le toit ce jour-là, oubliant complètement que je sortais de la douche. J'ai passé ainsi plusieurs minutes à recenser la variété des plantes et des racines, avant de réaliser qu'une ancêtre me regardait, littéralement pétrifiée, incapable d'abaisser sa main gauche qui tenait en l'air une pince à linge. Par un réflexe bête, je lui ai fait signe et elle m'a répondu avec un grand sourire. Le matin suivant, elle avait invité deux amies. Assises sur des tabourets et agitant des éventails, elles échangeaient des grivoiseries en guettant ma sortie de la douche. Ainsi, je sus que j'étais aussi observé qu'observateur. C'est que je ne passe pas inaperçu dans les ruelles du quartier de Malli-dong. Je suis le seul étranger, ma présence est en soi un événement, mais je ne m'en suis pas rendu compte au début, tant les Coréens peuvent être discrets dans l'espace public. Il a fallu qu'une grand-mère mutine me tire le bout du nez au fond d'une épicerie pour que je comprenne l'attention extrême dont j'étais l'objet. Ma logeuse semble très fière d'héberger un Long-Nez. Quand elle entend claquer la porte de mon appartement, elle s'empresse de sortir donner un coup de balai pour se montrer en ma compagnie et exciter la jalousie de ses voisines. Ainsi, je tiens mon double public, l'un sur les toits, l'autre dans la rue, et, sans avoir besoin de parler, nous nous entendons très bien.

Rien ne rebute autant les Coréens que l'incertitude. Dans les couloirs du métro, des panneaux annoncent les toilettes à deux cent vingt mètres, puis à cinquante-neuf mètres, enfin à dix-sept mètres. La flânerie leur semble un péché mortel, le hasard un génie malfaisant. Il est vrai que, dans un pays qui a été envahi plus de deux mille fois, ils ont des raisons de se méfier des diables qui sommeillent au fond des boîtes. Alors, on ne donne pas un cadeau pour faire une surprise mais pour combler une attente qui n'ose pas s'exprimer, le papier qui l'enveloppe n'étant là que pour orner ce qu'on peut deviner sans risque de se tromper. Il doit se trouver bien des Coréens insomniaques pour lesquels l'habitude de voir le soleil se lever chaque matin ne suffit pas à les rassurer sur l'incertitude du lendemain. Et s'il ne se levait pas ? Et si cette boîte rectangulaire lourde à sa base, émettant un bruit de liquide quand on la tient et marquée d'une étiquette Chanel, contenait autre chose que du parfum ? C'est trop d'incertitude à supporter, alors on met le cadeau de côté et on l'ouvrira en l'absence de celui qui l'a offert. Les vieux qui ont la mémoire encore vive des époques de grande pénurie apprécient qu'on leur offre un instrument usuel ou un produit de base. Régulièrement, ma logeuse dépose devant ma porte des boîtes de thon, un bidon d'huile de sésame, des fruits au sirop ou même des rouleaux de papier toilette. J'ai rapidement compris que je devais lui offrir une cuillère en bois ou une paire de chaussettes plutôt qu'un bouquet de fleurs.

La journée, quand la ville est pleinement réveillée, les grands-mères ont des discrétions de marmotte. Les rues encombrées d'une circulation furieuse, les haut-parleurs gueulards à l'extérieur des boutiques, les longs couloirs du métro où l'on va *pali-pali*, vite vite, les escaliers des innombrables passages souterrains, même les bus qui semblent pris dans une compétition de vitesse et dont certains décollent d'un côté à chaque virage serré ne sont pas faits pour elles. Les quelques courageuses qui sortent pour vendre des gâteaux de riz, des poulpes séchés ou trois racines au coin d'une rue sont noyées dans la foule, on ne les voit plus. Peu importe, elles affichent un sourire espiègle tout en se massant les genoux. En quelques décennies, elles sont passées du monde néolithique à la civilisation électronique, elles ont vu leur pays colonisé, pillé, détruit, divisé, reconstruit, elles ont survécu à tout et sont toujours là, si bien qu'à présent, immobiles et calmes au milieu des gens affairés, elles veillent à la manière de dieux rigolards qui connaissent la vanité des choses. Je suis frappé de voir aussi peu d'hommes dans les rues. Ils sont enchaînés à leur bureau soixante heures par semaine et, bien que les femmes soient de plus en plus nombreuses à accéder à cette servitude, le monde du travail reste encore essentiellement masculin. Les femmes au foyer s'égaillent en ville pendant les heures de bureau. Rarement seules, souvent par deux ou trois, elles envahissent les grands magasins à l'entrée desquels des hôtesses en tailleur et gants blancs se penchent respectueusement en équerre devant chaque client. En fin d'après-midi, elles rentrent faire la cuisine, et c'est alors l'heure des étudiants. Les rues piétonnes de Myeong-dong deviennent noires de monde, les commerçants augmentent le son de la musique, des employés déguisés en étranges mascottes tentent d'attirer des groupes de jeunes Coréennes à l'élégance et au maquillage de femmes d'affaires, et qui pouffent en mettant une main devant leur bouche. Des gars imberbes, longilignes, appliqués à dérouler des gestes efféminés se promènent avec des filles portant salopette et chemise de bûcheron canadien. Des couples où l'homme et la femme sont un parfait miroir l'un de l'autre, mêmes vêtements, mêmes accessoires, même coupe de cheveux, poussent le mimétisme à l'extrême comme preuve de leur amour, à tel point qu'on pourrait les prendre pour des jumeaux. Une fille aux cheveux roses, avec une queue de lapin à sa minijupe, boitille sur des hauts talons pour offrir des échantillons de vernis à ongles. Cinq adolescents recouverts de papier d'argent se lancent dans une chorégraphie robotique. Des évangélistes sermonnent la foule au mégaphone en débitant des passages de la Bible. Un infirme exhibe ses moignons en se traînant sur une planche à roulettes. Des écrans et des enseignes clignotent sur tous les murs, ajoutant une transe de lumière au vacarme des musiques mêlées qui déferlent par vagues dans les rues. Le soir, les hommes ne rentrent pas directement chez eux. Il arrive souvent – c'est un rituel hebdomadaire pour beaucoup – qu'ils sortent du bureau pour un amusement obligatoire. Partant du principe que les relations entre collègues deviennent plus fluides avec plusieurs grammes d'alcool dans le sang, on imagine sans peine l'issue de ces soirées pour des employés soumis à un conformisme strict et à une hiérarchie étouffante au travail. Les Coréens ont l'une des consommations d'alcool les plus élevées au monde, mais aussi l'une des plus rapides. Je ne me lasse jamais du spectacle de ces cols blancs en costume-cravate zigzaguant dans les rues dès dix heures du soir. Ceux qui habitent au pied de Malli-dong sortent du métro derrière la gare de Séoul, les autres prennent le bus et finissent de gravir péniblement la colline à pied. Certains avancent par deux, bras dessus bras dessous ou en se tenant par l'épaule, par la taille ou même par la cravate. Ces curieux attelages se tirent, se poussent, se cognent, tels des scarabées fourbus, se retiennent mutuellement de tomber, se vautrent malgré tout sur le trottoir ou au milieu de la rue, oublient de s'entraider, braillent un début de chanson, s'engueulent, se réconcilient aussitôt, éclatent en sanglots. L'ivresse leur donne du cran, ils m'interpellent. *Ho toi ! l'étranger ! Ho !* Ils s'approchent en crabe, trébuchent, *Ho ! l'étranger !*, pointent un doigt qui suit le vol d'une abeille, se lancent enfin : *Salaud d'Américain, va !* et, satisfaits de leur audace, se remettent à faire de l'alpinisme sur bitume, non sans avoir déposé près de moi, comme une offrande ou une excuse, une bouteille de bière à moitié vide.

Malli-dong n'est pas un quartier de virées nocturnes, les étudiants et les employés sommés de s'amuser vont ailleurs, à Hongdae, Hyehwa, Gangnam ou Itaewon. Ceux qui y travaillent y dorment aussi. Ses habitants boivent tellement et si rapidement qu'ils s'écroulent dans la soirée. Bientôt, les ruelles résonnent de leurs ronflements paisibles. Gare au soiffard égaré qui viendrait hurler ses états d'âme après minuit. Il recevrait bien vite un melon jaune sur le crâne. Au fur et à mesure que tombe la nuit, des croix de néon rouge s'allument un peu partout à Séoul. Elles signalent une église protestante. Leur nombre est inimaginable, il y en aurait plus de dix mille, si bien que, vue du haut de Malli-dong, la ville entière semble un cimetière lumineux. Le protestantisme a pris son essor sous l'occupation japonaise. Bien des Coréens ont fait acte de résistance en puisant un soutien moral dans la religion venue d'Occident. La division du pays, les œuvres caritatives des congrégations américaines, puis le dynamisme économique du pays y sont pour beaucoup dans son développement rapide après la guerre civile. Construite dans l'élan capitaliste des dernières décennies et par opposition au Nord communiste, la foi des protestants coréens s'exprime sous une forme extrême. L'Eglise Yoido, qui compte la plus importante communauté protestante de Séoul – une cérémonie peut réunir jusqu'à cent cinquante mille personnes –, n'hésite pas à professer qu'un chrétien pauvre n'est pas un bon chrétien. Avec de tels principes, les tenants de la simplicité et du renoncement ont été cloués sur place. Aujourd'hui, les bouddhistes sont minoritaires en Corée du Sud. Tout en descendant Malli-dong en pleine nuit, je me demande ce qu'ils ressentent en voyant ces plantations de croix rouges à perte de vue. Le rouge se veut symbole du sang du Christ, mais les néons éclairent les habitations attenantes d'une lumière ambiguë qui excite l'imagination. D'ailleurs, au bas de la colline, près de la gare centrale de Séoul, il y a une esplanade déserte où deux ou trois mères maquerelles tentent chaque fois de m'entraîner dans des entresols obscurs qui s'ouvrent sur des endroits encore plus sombres. Elles me tirent par la manche, gémissent comme des petites filles capricieuses, prennent des airs de chien battu, puis renoncent en pleurnichant tout en vérifiant du coin de l'œil que je ne les suis pas dans la cave où une malheureuse travaille sous leur férule. Je traverse le marché de Namdaemun, puis Myeongdong, grouillants de monde le jour mais déserts à cette heure-là, pour aller dans le quartier de Jongno. Quelle que soit la ville, on trouve toujours un endroit qui a sa propre vie, son propre rythme, lié à une vraie présence, à une âme singulière. Le *Lady Luck* porte bien son nom. Avec ses dizaines de bocaux de toutes tailles où des racines de ginseng macèrent dans de l'alcool, ce bar minuscule ressemble à l'antre d'une sorcière. Il est tenu par une Coréenne d'une soixantaine d'années à la voix tellement rauque qu'on l'imagine revenue de tout, des colères les plus noires comme des râles les plus lubriques. Finalement, lady Luck a dû avoir bien de la chance pour être toujours debout. Elle ne plâtre pas ses rides de multiples couches de maquillage, ne se teint pas les cheveux, elle est responsable de sa gueule et le revendique avec un aplomb bienvenu après tous les artifices de la journée. Elle me raconte de sa voix enrouée que, dans la province de Gangwon à l'est du pays, un couple de pies, *kkatchi*, qui avait fait son nid sous la flèche d'une église a détruit les fils électriques de la croix. La lumière rouge devait les perturber la nuit. Touché par les oiseaux qui couvaient des petits, le pasteur méthodiste n'a pas réparé la croix, et d'autres pies se sont installées autour de la flèche. *Chez nous, la pie porte chance, elle apporte les bonnes nouvelles, c'est une lady luck !* conclut la patronne en se rallumant une cigarette. Le bon pasteur n'avait pas oublié ce vieux fonds païen de sa culture qui résistait dans les légendes et les histoires que lui racontait sa mère quand il était enfant. *En France, la pie est symbole de chapardage, de jacasserie et même de mort prochaine*, dis-je, un peu désolé – et lady Luck, de sa voix de cendrier : *Pourquoi êtes-vous si différents ? L'oiseau est le même.*

LES PREMIERS MOTS

Mieux vaut connaître dix choses et leurs rapports que dix mille choses éparses.

NICOLAS BOUVIER

Les Français habitent presque tous autour de l'école française du quartier de Seorae, au sud de la rivière Han, à plus de sept kilomètres à vol d'oiseau de Malli-dong, si bien que je peux marcher des heures sans entendre ma langue ni même croiser un étranger. C'est la première fois que j'éprouve un tel isolement au milieu d'une foule, une sensation aussi paradoxale que d'avoir froid au milieu du désert. A certains endroits de Séoul, les Coréens sont si nombreux que je ne vois plus le sol devant moi. Ils ne flânent pas, ils ont tous un but, mais leurs mouvements ne sont pas chaotiques, les flux humains tracent dans l'espace des réseaux à la beauté abstraite, comme les formes complexes que dessine la limaille de fer sous l'effet d'un aimant. Sans but, je suis une anomalie avec ma démarche lente, je dérive d'un courant à l'autre en cabotant le long des immeubles, la volonté anéantie par l'hypnose que produit le brouhaha d'une langue inconnue qui résonne de tous côtés et dont l'alphabet ésotérique clignote à la devanture des magasins. Les mots français rouillent dans ma tête, je ne les utilise plus. Je fais l'expérience à petite échelle, mais sans la détresse atroce qui doit être celle de cet Indien qui survit dans la forêt amazonienne du Rondônia au nord-ouest du Brésil. Seul rescapé d'une tribu non répertoriée, il est le dernier à parler sa langue. S'il est toujours vivant aujourd'hui, il doit avoir une cinquantaine d'années. Il fuit tout contact – un agent du gouvernement qui l'avait localisé a reçu une flèche en pleine poitrine. Il creuse un trou rectangulaire sous ses huttes et laisse des marques sur les arbres. Peut-être est-ce un moyen de dialoguer avec la nature et de ne pas devenir fou. Qu'il vive à tout jamais isolé dans la forêt ou qu'il se retrouve un jour au milieu d'une foule, il restera l'homme le plus seul au monde.

Les premières semaines à Séoul, je les ai passées à marcher jusqu'à ressentir comme une érosion dans les jambes. Paris, Lisbonne ou Rome sont des villes dont on peut venir à bout en quelques jours après une série de randonnées acharnées. Assez vite, le corps a ses repères, si bien qu'on peut facilement aller d'un point à un autre sans consulter la carte ou bien corriger un taxi malhonnête en le remettant dans le droit chemin. Il y a quelque chose d'absurde à vouloir conquérir Séoul à pied. On n'arrive jamais nulle part. Et pour décourager les ambitieux, la ville est en perpétuel mouvement, de telle sorte qu'on n'en possède pas des morceaux mais des moments. Ce que vous croyez connaître est condamné à disparaître. Les magasins et restaurants ont une durée de vie de jonquilles, des foules de Coréens les envahissent ou les désertent comme des nuées de canards sauvages à chaque étape de leur migration, des immeubles poussent à la vitesse de bambous, des quartiers sont sans cesse reconfigurés. Alors, je me concentre sur chaque pas, sur un pied qui chasse l'autre aussi méthodiquement que des coups de rame. De la France à la Corée, c'est un saut, je suis ici sans racines. L'immensité de la ville impose de se maintenir sur le point fixe d'un présent sans ombre ni projet. C'est ce point d'équilibre, celui où le fléau d'une balance ne penche plus ni à gauche ni à droite, évanoui aussitôt qu'apparu, que je retrouve chaque fois entre deux pas, aussi évident et fugace que l'immobilité d'une aiguille entre deux secondes. Ce bref suspens suffit à exacerber la perception. Des visions de l'éphémère me traversent, qui appellent à soulever la ville comme la jupe d'une fille. Je comprends pourquoi, enfant, je passais des heures à observer les vagues qui s'écrasent, guettant l'instant insaisissable où elles sont encore et où elles ne sont plus ; pourquoi j'essayais vainement de saisir l'image la plus large de la gerbe colorée d'un feu d'artifice ; pourquoi je m'obstine et échoue à me souvenir du flash chaotique des rêves de la nuit qui surgissent et disparaissent dès qu'on se réveille ; pourquoi nous ressentons une émotion particulière à la vue d'un château de sable envahi par les flots, d'une sculpture de glace en plein soleil, d'une lanterne de papier sous la pluie, de la forme d'un corps qui était couché dans l'herbe, de traces de pas dans la glaise, du trait de lumière d'une comète. Ici où je n'ai ni quotidien ni habitudes, je regarde la ville de biais et par en dessous. Depuis les marges où je passe en fantôme, les mouvements s'inversent, me montrant les foules de ce monde de verre et de béton comme des herbes caressantes au bord d'une rivière. Le plus solide devient transparent, le transitoire dure longtemps. Des motifs évanescents se manifestent partout. Explosion, disparition, en un seul jet, à chaque pas, sans cesse. A Séoul, je retrouve le *coup d'œil.*

Affichée sur la façade d'un gratte-ciel, donnant son nom à des restaurants, à des magasins et même à un train, plantée en massif près d'un pavillon d'été, poussant librement au détour d'un chemin de montagne, délicatement posée sur des gâteaux de riz, gravée sur des poteries, figurant en motif sur des tissus ou infusant dans une tasse de thé, la fleur d'hibiscus se rencontre partout. Il y a des hibiscus immaculés, rouge sang ou même bleu ciel, mais celui de Corée, *hibiscus syriacus*, dit aussi *althaea* ou ketmie des jardins, possède toutes les nuances du violet, de l'indigo le plus profond au blanc à peine mêlé de mauve pâle. Ses cinq pétales ont la transparence des ailes du papillon et la surface légèrement froissée du crépon, souvenir de la torsade qui les chiffonnait avant d'éclore. La fleur s'ouvre généreusement, dévoilant une corolle bicolore dont la base est marquée d'une touche de couleur intense qui se déploie en pastel sur les pétales. Les Coréens l'appellent *mugunghwa*, la fleur-éternité. C'est pourtant une fleur de l'instant, éphémère, persistant un jour, parfois deux, rarement trois, qui peut tomber en bouton avant même d'éclore. Cette fugacité l'inscrit dans un pur présent, et celui qui admire une fleur d'hibiscus doit se détacher de la durée, tant son éclosion est proche de son origine et de sa fin. Mais l'arbuste renouvelle sans cesse ses fleurs pendant plusieurs mois, de telle sorte qu'il reste le même toute la saison, comme indifférent au temps qui passe. Image du fugace et de l'intemporel, de la fragilité et de la ténacité, de la force et de la faiblesse, la fleur d'hibiscus est indissociable de la Corée. C'est l'emblème national. L'antique royaume millénaire de Silla était surnommé le *pays de l'hibiscus.* L'hymne national créé en 1896 évoque dans son refrain le lien affectif et spirituel qui unit les Coréens à la *mugunghwa* : *A perte de vue, des hibiscus, des montagnes et des fleuves magnifiques/Peuple coréen, reste fidèle à toi-même !* Durant l'occupation japonaise de 1910 à 1945, l'hymne a été interdit. Arborer un hibiscus est devenu un symbole de résistance et pouvait valoir une condamnation à mort. Un certain Nam Gung-eok a secrètement cultivé des hibiscus dans sa ville natale de Hongcheon pour envoyer des milliers de fleurs aux écoles dans un message de patriotisme. Les Japonais l'ont arrêté en 1933 et ont interdit aux Coréens de cultiver l'hibiscus. Des cerisiers ont alors été plantés dans toute la péninsule pour remplacer la *mugunghwa* de Corée par la *sakura* du Japon. Peut-être est-ce pour conjurer le traumatisme de l'occupation japonaise et de ses atrocités que la fleur d'hibiscus se rencontre aujourd'hui partout – mais peut-être aussi en souvenir de ce roi d'une époque ancienne qui, dit-on, aimait tant la fleur-éternité qu'il en délaissa sa reine.

Violet, de *viola*, nom latin de la *pensée sauvage*, couleur des roses de mon enfance, écho de mon plus lointain souvenir, quand le violet était une couleur rare, discrète, autour de moi. Il y avait l'améthyste que portait ma mère, les aubergines du jardin, un motif en escargot sur la moquette de ma chambre, et surtout ce modeste pied de roses au violet très pâle, comme déteint par le temps et délavé par l'usage, qui bordait l'allée de la maison familiale, un pied unique, seul dans son genre, planté par un ancien propriétaire qui avait créé sa propre variété de rose, et préservé par les propriétaires suivants avec autant de soin qu'un monument historique. La rareté de cette couleur me la rendait plus remarquable, je me lassais de l'abondance de bleu, rouge, vert, marron, noir, blanc, et je mettais du violet partout, signe de reconnaissance de ma nouvelle famille, les malvacées, dont la mauve est l'un des genres. A l'école, j'illustrais tous les poèmes de paysages violets, le ciel était bleu indigo, les arbres bleu marine, les rivières lilas, la terre prune. Il n'y avait dans la fascination pour cette couleur et toutes ses teintes aucune signification, sinon le pur plaisir des yeux, l'impression de douceur et de résistance qu'elle suscitait en moi. Le charme s'est prolongé jusqu'au jour où un instituteur, ayant demandé aux élèves leur couleur préférée et lisant les réponses inscrites sur nos ardoises, s'arrêta sur la mienne et, étonné de ne pas y lire *bleu* comme pour la moitié de la classe, *rose, rouge* ou *vert* pour l'autre moitié, eut cette réaction de surprise et de vague inquiétude qui fit sur moi le même effet que s'il m'avait appris que mon nom de famille était celui d'un dictateur sanguinaire : *Violet ? Mais c'est une couleur triste, le violet !* Alors, du jour au lendemain, le violet fut une couleur triste, avec autant d'absurde évidence que le bleu est une couleur de garçon et le rose une couleur de fille, sans me douter que je me conformais à un déterminisme factice et vide contre lequel j'aurais un jour à lutter pour reconquérir l'innocence de mes premières années. Plus que l'idée de couleur triste, c'était l'association de mon être à la tristesse qui me désolait. Si le violet était triste, je l'étais aussi. Et, en cherchant une forme de consolation dans la confirmation du diagnostic, j'essayais de justifier cette association en accentuant mes traits de caractère qui s'en rapprochaient, une tendance à la solitude, une certaine sensibilité, un goût pour la poésie de Verlaine, *Ô triste, triste était mon âme*, qui devaient être les symptômes d'une personnalité malheureuse n'osant pas s'avouer sa vraie nature. Ce n'est que bien des années après, quand on apprend à sortir des ornières des faux départs en conquérant sa propre langue, qu'on réalise combien les premiers mots plaqués par certains sur nos premières images sont comme des dalles en pierre posées sur des herbes sauvages.

무궁화, *mu-gung-hwa*, trois syllabes, chaque syllabe comprend plusieurs lettres qui se lisent de gauche à droite et de haut en bas. Première syllabe, deux lettres : le carré, c'est la lettre *m*, puis le *t* majuscule qui figure dessous, c'est le son *ou*, soit *mou*, transcrit *mu*. Deuxième syllabe, trois lettres : le demi-rectangle, c'est le son *g* ou *k* ; dessous, on retrouve le *t* majuscule, le son *ou* ; ce dernier surplombe un cercle qui représente le *ng* familier aux Toulousains qui exagèrent leur accent à coups de *putaing cong !*, ce qui donne *g-u-ng*, *gung*. Troisième syllabe : la tête qui porte un curieux chapeau plat, c'est le *h* aspiré ; elle repose sur un cou et une barre horizontale, la lettre *o* ; enfin, la barre verticale avec un trait perpendiculaire à droite, c'est le *a*, soit *h-o-a*, donc *hwa*. 무궁화, *mugunghwa,* hibiscus. Lady Luck me rend mon carnet et retourne à son comptoir grignoter des pattes de poulet grillées. Elle vient de m'apprendre à lire mon premier mot en coréen. L'alphabet, *hangeul*, compte vingt-quatre lettres formées de traits simples et de figures géométriques. Il a été créé dans les années 1440 sous l'impulsion du roi Sejong, conscient que les complexes caractères chinois utilisés jusque-là ne favorisaient pas l'accès à l'éducation au plus grand nombre. Une telle initiative a fortement déplu aux hauts fonctionnaires de la caste aristocratique des *yangban*, gardiens de l'ordre des choses et surtout très jaloux de leurs privilèges. On imagine la fureur de ces lettrés austères qui avaient passé des années à maîtriser les caractères chinois alors que le *hangeul* peut s'apprendre en quelques heures. L'alphabet des femmes, des petites gens et des gribouilleurs d'histoires a survécu tant bien que mal, dans les marges, méprisé par les élites accrochées comme des tiques aux traditions, et malgré ce rustre de roi Yeonsangun qui tenta de l'interdire quelques décennies après le règne de Sejong. Ce n'est qu'au XXe siècle qu'il s'est véritablement imposé dans toute la société. Indifférente à mon émotion d'enfant qui vient de lire pour la première fois son prénom, lady Luck rogne méticuleusement les pattes de poulet pour en arracher la peau grillée. Soucieuse de protéger son maquillage, elle écarte ses lèvres fines quand elle avance les dents, dans un effort d'application qui accentue les rides au coin de ses yeux et les plis de son front. Elle dépose le petit tas au bord de son assiette puis, en chatte faisant sa toilette, lèche la graisse coulée sur le pouce et l'index. La vieille tenancière nettoie le comptoir, remplit nos verres, me demande de prononcer le mot *hibiscus* en français, son visage concentré se plisse à nouveau et, avec une joie aussi enfantine que la mienne, lance un triomphant *hippie secousse* !

Peu à peu, l'oreille s'habitue au coréen. Je le distingue désormais immédiatement des autres langues de la région. Le coréen n'a pas de tons comme en chinois et déroule une douceur mélodieuse qui ne s'entend pas dans le japonais, plus saccadé. A l'écouter sans le comprendre, on a l'impression que la plupart des phrases sont des interrogations. Il y a peut-être du vrai, tant les Coréens préfèrent une question ouverte pour exprimer leur pensée à une affirmation trop directe, ce vice des Français. Malgré moi, mon oreille se met à repérer les premiers mots que je connais, ils jaillissent du brouhaha de la rue comme des drapeaux, impossible de ne pas les remarquer. *Oui, merci, bonjour, ça va, poulet, non, c'est combien, trop cher, riz, bière, partons, pourquoi, maman, j'ai faim, baguettes, poubelle, pas possible, peut-être, thé, hibiscus.* Chaque fois, c'est un chien qui tire sur la laisse de mon attention. Je ne peux m'empêcher de combler les vides en imaginant la phrase entière. C'est un exercice involontaire assez pénible. Quand je ne comprenais rien, j'allais en paix, libre de patauger en plein malentendu, seul avec moi-même, heureux d'être sans repères, ressuscitant dans mon corps d'adulte l'innocence du nourrisson. La vie n'était pas simple, j'utilisais des gestes, des dessins, je faisais peur à certains, d'autres venaient vers moi, on se débrouillait pour indiquer une direction, un restaurant, un plat sur le menu, le sourire était généralement mon laissez-passer, et la bienveillance mutuelle le meilleur dictionnaire. J'ai toujours trouvé étrange qu'on interprète l'épisode de la tour de Babel comme un châtiment divin. Les hommes qui se servaient de la même langue et des mêmes mots auraient été punis pour avoir voulu bâtir une tour qui touche le ciel. *Brouillons ici leur langue, qu'ils ne s'entendent plus les uns les autres.* De là, leur dispersion sur la surface de la Terre. Mais c'est peut-être au contraire à l'impossibilité de se comprendre qu'ils doivent leur salut. Quand il a brouillé leur langue, Dieu a donné aux hommes la chance de la diversité – car à trop se ressembler, on finit par s'entretuer.

Tu vas voir, c'est compliqué, les Coréens ne parlent pas en cours. Ils sont toujours à l'heure, ils connaissent leur leçon par cœur, mais ils t'écoutent sagement sans rien dire. Et quand tu les obliges à répondre à une question, ils ont des réactions bizarres, certains deviennent écarlates, d'autres pâles comme des cadavres, des femmes se cachent derrière leurs cheveux, y en a qui baissent la tête jusqu'à toucher la table, ce sont des légumes, pas moyen d'en tirer quelque chose, sauf à l'écrit. Trop timides, manque d'assurance, t'étonne pas si certains dorment en cours, sont crevés par un rythme infernal, ça les brise, et puis sans originalité, y pensent pareil, font pareil, pas de personnalité, marre de me casser les dents dessus, autre chose à faire. Allez, bon courage. Tristan me charge les bras de manuels, me tend deux bouts de papier, l'un avec un contact à l'Alliance française, l'autre avec un numéro, *Appelle, dis que c'est moi, ne traîne pas, salut,* et s'éclipse, trop heureux de quitter ce pays qu'il ne supporte pas. Peu enthousiaste à l'idée de me faire passer pour cette déprime ambulante, je compose cependant le numéro. Une chaîne de télévision éducative cherche un « Français » pour une émission de cours de langue. Il y a une scène à filmer, quelques lignes à dire, c'est simple et bien payé. J'ai rendez-vous sur la rive gauche du fleuve Han, entre les ponts Hannam et Dongho. De loin, j'aperçois six personnes, un caméraman, un preneur de son, une maquilleuse et deux assistants qui s'activent sous les ordres bruyants d'un chef d'équipe, le réalisateur sans doute. Trop tard pour prendre la fuite, la maquilleuse m'a déjà fait asseoir et sort une quantité phénoménale de produits. Elle travaille en silence, aussi méticuleuse que cette coiffeuse de Malli-dong qui m'a coupé les cheveux millimètre par millimètre, avec la peur panique de commettre la moindre erreur. Les autres membres de l'équipe installent leur matériel sans se parler, sans me regarder. Puis l'assistante m'explique brièvement la situation et me donne mon texte. *Un marin breton...* Ma pointe d'accent du Sud-Ouest sera du plus bel effet. *Un marin breton regarde la mer et dit* : *« Ah, le ciel est bleu et la mer est belle aujourd'hui ! Et il y a des baigneurs et des planches à voile ! »* Bon, ce n'est pas du Bergman, cela devrait être rapide. Mais la maquilleuse n'en finit pas, j'ai l'impression d'être un tableau de la Renaissance entre les mains d'une restauratrice. Au bout de vingt minutes, elle me tend un miroir, et je ne me reconnais pas. J'ai la tête d'un Pierrot lunaire ou d'un personnage de kabuki. Elle a du talent car je peux désormais faire la grimace derrière mon masque sans que personne ne le remarque. L'assistante sort alors de son sac une casquette et un pull marin. Elle m'indique que je dois regarder en l'air, puis l'horizon et enfin le bord de l'eau. Et me voici grimé en marin breton, face au fleuve Han, à observer l'air jaunâtre de Séoul, *Ah, le ciel est bleu…*, puis l'horizon de l'autre rive où gronde une circulation infernale,*… et la mer est belle aujourd'hui !* Autant se planter au milieu du parvis de la Défense pour admirer la beauté de ce champ de coquelicots. Le réalisateur hurle sur son équipe, personne ne comprend ce qui ne va pas, l'assistante parle à peine anglais, elle ne saisit pas l'absurdité de la situation. Mais le maquillage me tire la peau comme un rappel à l'ordre et, à force d'être répétés, les mots se vident comme une outre percée et perdent leur sens. Je m'efforce de regarder avec tendresse les bidons en plastique qui se dandinent dans les eaux boueuses du fleuve. *Et il y a des baigneurs et des planches à voile !* Il a fallu un temps interminable pour filmer la scène, si bien que je suis devenu une attraction. Des Coréens de plus en plus nombreux se sont arrêtés pour commenter, photographier, filmer mes exploits. A la fin, un petit garçon est venu me tirer le bas du pantalon. Il me tendait un stylo et un carnet Louis Vuitton. Sa mère l'encourageait de loin : *Vas-y, vas-y, c'est un acteur américain !*, ce qui a suffi à désinhiber les autres parents, et j'ai goûté au plaisir d'une séance d'autographes digne du festival de Cannes.

L'Alliance française du quartier de Hoehyun ronronne au pied du mont Namsan, près du marché de Namdaemun. A la fin des années 1970, le bâtiment de cinq étages devait trôner avec majesté au milieu des gargotes et des échoppes pas plus larges que deux hommes. Mais il a considérablement rapetissé depuis la construction de tours imposantes de bureaux et de banques qui jettent une ombre froide sur le reste du quartier. Derrière ces sentinelles abstraites, le rafiot du centre culturel persiste à promouvoir l'idée vieillotte de la noblesse des lettres face à l'arrogance des nombres. Ce contraste n'est pas pour me déplaire. Aujourd'hui, ceux qui enseignent la langue française le font moins dans un esprit de conquête que de résistance. Ils se conforment en cela à la place de plus en plus modeste de la France dans le monde. Mais c'est une chance aussi, on attend du français qu'il évoque autre chose que les cours de la Bourse. J'ai déjà rencontré des Britanniques qui se désespéraient de voir l'anglais s'appauvrir en devenant la langue des affaires. Ce qu'il gagne en universalité, il le perd en intensité. Quand la langue ne décrit plus qu'un seul monde, elle s'apparente au code de la route. Je ne suis pas à l'aise avec les manuels donnés par Tristan. Les dialogues sont stéréotypés, le niveau de langue uniforme, le vocabulaire et les expressions sans rapport avec le langage de la rue, la richesse des mots ramenée à un sens unique, à une règle stérile. Je donne des cours à des étudiants de tous âges, du lycéen au retraité, du niveau intermédiaire au niveau avancé. Très vite, même avec ceux qui ont un niveau assez élémentaire, je laisse tomber le manuel et je leur lis un poème de Verlaine pour aborder la place des adjectifs, de Victor Hugo pour expliquer les déterminants, de Boris Vian pour comprendre l'impératif. Ils doivent apprendre par cœur des passages entiers et être capables de les écrire de mémoire, une méthode remarquable que mon institutrice appelait autodictée. Les Coréens se vengent gentiment de mes exigences en s'amusant de ma prononciation de leurs prénoms. Ils sont constitués de deux syllabes au sens très imagé qui se révèle une fois transcrites en caractères chinois. Ainsi, je m'émerveille des Bo-ra, Dam-bi, Dong-shin, He-ran, Ha-neul, Ho-joo, Hyeon-jeong, Hyo-jin, Hyun-ae, I-seul, Il-nam, Joo-eun, Jung-wan, Man-shik, Na-ri, Seul-ki, Young-nam, qui signifient Pourpre, Douce Pluie, Dieu de l'Est, Orchidée Gracieuse, Ciel, Maître Absolu, Vertu et Modestie, Dévouement, Intelligence et Amour, Rosée, Premier Fils, Perle d'Argent, Tenace, Profondément Enraciné, Lys, Sagesse, Prospérité. Ils s'étonnent à leur tour quand je leur dis qu'Alain, Béatrice, Catherine, Christophe, François ou Philippe signifient selon leur étymologie Harmonieux, Heureuse, Pure, Porteur du Christ, Homme Libre, Ami du Cheval. Quant à mon prénom, Fils de la Main Droite, il fait référence au douzième fils de Jacob, lui-même fils d'Isaac et petit-fils d'Abraham, qui avait choisi de garder auprès de lui son fils préféré, le plus jeune, béni entre tous, Benjamin, alors qu'en pleine famine il envoyait ses autres fils chercher du blé dans l'Egypte du terrible Pharaon. Ce passage de la Genèse m'a toujours laissé perplexe : *Benjamin est un loup qui déchire ; le matin, il dévore la proie et, le soir, il partage le butin*, bien qu'il soit d'un grand recours pour impressionner les importuns ; mais, inconséquence de la vie, je suis né sous l'étoile du Grand Contraste, je suis gaucher, Fils de la Main Maudite, parfait mécréant, et je le revendique. Du temps de Jacob, je serais parti en Egypte.

Les châtiments corporels faisaient partie de la panoplie de nombreux enseignants jusqu'à leur interdiction en 2010. Mais les bonnes habitudes tardent à disparaître et certains se laissent encore aller à inculquer le savoir à coups de trique. Récemment, un professeur de mathématiques a puni des lycéens qui n'avaient pas terminé leurs devoirs à la maison en les forçant à s'accroupir huit cents fois sans arrêt. L'un d'eux a fini à l'hôpital pour des déchirures musculaires. Un proverbe coréen dit que *l'affection se trouve au bout du bâton*, une variante de notre *qui aime bien châtie bien*. Toute cette manifestation d'amour ne produit pas des gens très volubiles en cours. Pour libérer leur parole, il suffit pourtant de prendre le contre-pied de ces pratiques archaïques. Les Coréens mettent le professeur sur un piédestal, ils sont paralysés à l'idée de faire une erreur, ils craignent la punition, ils n'aiment pas l'ironie mais le burlesque. Alors je trébuche volontairement, je descends un escalier imaginaire derrière mon bureau, je dessine le plus mal possible au tableau, je mime les objets les plus improbables, une cocotte-minute, un aspirateur, un porte-clés, je prends un mot pour un autre en coréen, j'imite les accents belge, suisse, québécois, je parle français comme un touriste américain, allemand ou espagnol, je me mets à genoux et je tends les bras en chantant *La vie en rose* d'une voix chevrotante, bref je mouille la chemise, je fais le guignol – et ça marche. Les professeurs du troisième étage de l'Alliance française se plaignent du bruit et des fous rires qui règnent dans notre classe alors que nous sommes au cinquième. Mon problème ne serait pas de les faire parler, mais plutôt de les faire taire. Une fois la parole libérée, je leur propose de poser la question qui leur tient le plus à cœur au sujet de la langue française. L'un d'entre eux se lance : Reprendre, *c'est bien prendre une deuxième fois ?* *– Oui. – Alors, pourquoi* regarder, *ce n'est pas garder* *une deuxième fois ?* Je le remercie pour cette équation à une inconnue, mais je sais d'où vient sa question. La langue coréenne est elle-même agglutinante. Le radical d'un verbe peut être accompagné d'une multitude de suffixes qui modifient son sens, un peu à la manière de l'allemand. Un étudiant en architecture reprend le flambeau : *Quand peut-on tutoyer quelqu'un ? – Ça dépend des situations. Une autre question peut-être ? – Oui, comment savoir s'il faut dire* Madame *ou* Mademoiselle *à une femme ? – Bon, je vais revenir sur la première question.* Et je me noie dans l'explication d'un phénomène qui comprend plus d'exceptions que de règles. Puis, une lycéenne lève la main : *A quel moment de la journée il faut arrêter de dire* Bonjour *pour dire* Bonsoir *?* Je suis bien incapable de lui répondre. Pourrait-elle comprendre qu'au pays de Descartes les gens parlent une langue saturée d'innombrables *ça dépend* et de *normalement c'est ainsi, mais* ? Je dois également affronter des questions d'un redoutable pragmatisme, comme celle de ce retraité de l'administration : *Pourquoi on parle de* vin blanc *alors qu'il est jaune ?* En désespoir de cause, je donne la parole à un homme d'une quarantaine d'années, cadre chez Samsung, donc surmené et présent un cours sur quatre, mais rêvant d'une expatriation en France. D'ordinaire, il veut savoir comment acheter un billet de train ou commander au restaurant. Mais, encouragé par le vent de liberté qui souffle ce jour-là, il pose une question qui le travaille depuis longtemps et qui achève de réduire au silence mes tentatives d'explication : *Pourquoi* un baiser, *c'est romantique, mais le verbe* baiser, *c'est vulgaire ?*

Monsieur Kim doit avoir près de cinquante ans. Il a un niveau intermédiaire en français. Monsieur Kim a deux passions auxquelles il se consacre entièrement, le cinéma et le vin. Concernant la première, il travaille dans l'industrie cinématographique, il est scénariste. Lui-même a réalisé deux ou trois films. Les titres ne me disent rien, je ne connais le cinéma coréen qu'à travers les échos que nous en avons en Europe, avec les films de Bong Joon-ho, Hong Sang-soo, Kim Ki-duk, Lee Chang-dong ou Park Chan-wook. Mais monsieur Kim est aussi très investi dans sa deuxième passion. Il a même écrit un guide sur les vins français. *Pour cela*, remarque-t-il sans vantardise ni fierté particulières mais avec le sentiment du devoir accompli, *j'ai bu trois cents bouteilles en deux ans.* Et pour preuve de son application méthodique, il peut réciter le nom de chacune d'elles, dont il a précieusement conservé et archivé l'étiquette et le bouchon. Son enthousiasme à partager ses vastes connaissances a le mérite de bousculer les étudiants trop sages qui suivent le cours avec lui. Ainsi, il ne se déplace jamais sans une sacoche contenant une bouteille et un tire-bouchon. Rien de mieux pour délier les langues en cours de français, cela devrait être obligatoire. Il est vrai que je n'ai jamais vu monsieur Kim sans une bouteille à portée de main. Un soir, nous devions rejoindre deux de ses amis dans un bar à vin. *Passons à mon bureau avant*, me dit-il, *j'ai quelque chose à faire, ce sera rapide.* Il était vingt-deux heures, mais à Séoul les buildings sont encore illuminés et, derrière les parois de verre, on aperçoit d'innombrables employés courbés sur l'écran de leur ordinateur ou faisant des exercices d'étirement avant de reprendre un travail qu'ils finiront à minuit pour la plupart, à deux heures pour certains et au petit matin pour d'autres. Monsieur Kim m'emmène au dixième étage d'un immeuble, traverse l'*open space* dans l'indifférence de ses collaborateurs abrutis de fatigue et se dirige droit vers son bureau, une petite clef à la main. Dans chacun des six tiroirs, il y a une bouteille de vin, et quatre autres dans une armoire. Il en met quatre dans son sac, m'en donne trois à porter et prend les trois dernières. Il est un tel habitué du bar à vin qu'il peut désormais seulement commander à manger et apporter ses propres bouteilles. Il ne manque jamais d'inviter le patron du bar à goûter ses dernières trouvailles. Il nous sert des grands crus verre sur verre à un rythme de soudard redoublé par la présence d'un Français à ses côtés, à la manière d'un bigot qui, en compagnie d'un prêtre, multiplie les marques de dévotion et les citations bibliques. Autant dire que je n'ai aucun souvenir de nos discussions, si ce n'est du sujet général qui tournait évidemment autour du vin, avec des comparaisons sans fin entre les mérites des vins français et italiens, monsieur Kim défendant les premiers, le patron du bar les seconds, jusqu'au moment où, tous les arguments étant épuisés, ils se sont mis à hurler en coréen. Excellent comédien, monsieur Kim savait que le patron n'en viendrait pas aux mains mais serait contraint à une démonstration par l'exemple et que, pour ne pas perdre la face et sauver l'honneur de sa maison, il se mettrait à ouvrir certaines de ses meilleures bouteilles de Toscane.

J'ai vu une dizaine de fois le docteur Guk pour des cours de conversation. La cinquantaine, élancé, plus grand que la moyenne des Coréens, le docteur Guk est chirurgien. Je ne l'ai jamais vu sans un costume trois-pièces et un parapluie, affichant une élégance et une retenue très britanniques. J'aime observer la précision de ses gestes. Ses mains n'expriment pas plus que ses paroles et s'effacent quand il écoute, une habitude venant sans doute de cette attention particulière que les chirurgiens leur portent, sachant comme les pianistes combien elles sont précieuses pour exercer leur talent. Le docteur Guk aborde la langue française aussi méticuleusement qu'un patient à opérer. Règles, exemples, exercices, dialogue à deux, règles, exemples, exercices, dialogue à deux, et ainsi de suite. Malgré tout, la conversation n'est pas artificielle. Il me parle de son amour pour les paysages de France. Je comprends bientôt qu'il a connu une Parisienne quand il était étudiant. Mais le mariage en son temps était une affaire trop sérieuse pour laisser le hasard en décider, et les parents arrangeaient les rencontres dans l'intérêt des familles concernées. C'est encore le cas aujourd'hui pour de nombreuses unions où le choix du cœur pèse peu face aux critères exigeants des mères entremetteuses, âge, diplôme, situation financière, profession, projet de carrière, appartenance religieuse, ainsi que, pour les plus pointilleuses, origine géographique, clan de rattachement et lignée des ancêtres. Je revois une dernière fois le docteur Guk. Ce sont nos adieux. Il part courir les congrès de chirurgie au Japon et aux Etats-Unis, fera un tour en Europe – la Grande-Bretagne, puis la France, Paris, Bordeaux, la Dordogne. Pour l'occasion, il m'invite au restaurant français de l'hôtel Hyatt. Cette forteresse des élites et des gens riches trône au sud du mont Namsan, en plein centre de Séoul. Pour y accéder, il faut partir d'Itaewon, l'endroit le plus malfamé de toute la Corée du Sud jusqu'au début des années 2000. Itaewon, c'était une sorte de mauvaise conscience du pays, là où venaient s'enivrer les soldats américains stationnés à la base de Yongsan, un quartier de prostitution et de violence, mais aussi un refuge où se retrouvaient ceux que la société rejette, les homosexuels, les métisses, les clandestins, les cabossés. Je dois être le seul à monter à pied jusqu'au Hyatt, à voir en chemin des dizaines de taxis, voitures diplomatiques et véhicules aux vitres teintées. C'est pourtant l'une des plus belles vues de Séoul qui se dévoile au rythme de la marche. Surprise, le docteur Guk n'est pas seul. Il est venu avec sa femme et sa fille. La mère me serre la main, elle affiche un large sourire mais ne dit rien. Sa fille fait un salut à la coréenne, son visage reste impassible sous son épaisse couche de maquillage. *Ma fille connaît quelques mots de français, mais elle parle très bien anglais.* Assise en face de moi, elle plonge le nez dans son assiette, si bien que pas une seule fois je ne croiserai son regard pendant le repas. Le lord anglais perd peu à peu de sa superbe en adoptant des airs de maquignon. *Vas-y, ma fille, parle anglais !* La pauvre marmonne trois mots incompréhensibles. Le père s'extasie comme si elle venait de réciter un poème de Shakespeare. *Elle fait des études de marketing, c'est important, le marketing.* Et il ajoute en se penchant vers moi : *Elle est à Ewha.* Fondée en 1886 par Mary Scranton, une austère missionnaire américaine de l'Eglise méthodiste épiscopale, c'est, dit-on, la meilleure université féminine de Corée. Les fils de la haute société viennent y puiser une épouse modèle, telle que le promet l'alléchante devise d'Ewha :

Vérité, Bonté, Beauté. C'est alors que le serveur m'apporte mon confit de canard. Aussitôt, une bouffée de Sud-Ouest m'envahit, je revois les forêts de châtaigniers et les contreforts des Pyrénées, et j'en rayonne de bonheur. Le docteur Guk croit l'affaire conclue et me ressert du vin.

Je dispose d'une heure pour apprendre les salutations et formules de politesse au comité de direction d'une multinationale coréenne qui finalise la prise de participation majoritaire dans une entreprise française. Dans le hall d'accueil, le plafond est si haut que l'espace vide écrase le visiteur, si bien que de l'entrée à la réception la distance à franchir augmente au fur et à mesure qu'on avance. Je rétrécis à rebours d'un tapis roulant et, après une interminable traversée, c'est une fourmi qui se présente devant la réceptionniste. *Passeport.* Un mot, clair, net, droit au but, sorti d'une bouche dont les lèvres bougent à peine, aussi neutre que le visage d'une pâleur uniforme qui l'enserre. Elle dépose un formulaire sur le comptoir tandis qu'elle tape sur le clavier de l'autre main. *Nom, raison de la visite, signature.* Sur la paroi de marbre derrière elle, un écran plat diffuse les images muettes de collaborateurs de tous pays qui affichent leur bonheur de travailler pour l'entreprise. *Cours de français ?* La raison de ma visite la laisse perplexe, il ne doit pas y avoir de case prévue sur son ordinateur. Un instant, ses yeux tâtonnent autour de mon visage sans rencontrer les miens, tandis que j'assène en imagination un coup de marteau sur son crâne de porcelaine pour expulser l'âme que ce corps emprisonne. Derrière elle, défilent les scènes de joie collective d'ouvriers coréens fraternisant avec des Sénégalais, puis avec des Brésiliens, des Philippins, des Marocains. A la fin du film, on voit le patron, en bras de chemise et casque de chantier sur la tête, un type sympa, aussi à l'aise sur une plateforme pétrolière que sur une estrade aux côtés de Bill Gates ; et le film recommence, les scènes de liesse, le patron chaleureux. Une hôtesse vient enfin me chercher. Je me retourne, non, l'autre est toujours là. L'hôtesse est un clone de la réceptionniste. Il est tout à fait impossible de les distinguer. Comme elle marche devant moi, j'ai le temps d'admirer la perfection de sa coiffure. Elle a tellement tiré sur ses cheveux que la limite entre leur racine et la peau de la nuque semble avoir été tracée à l'encre de Chine. Son chignon s'enroule en une spirale logarithmique dont je croyais le secret de fabrication réservé à certains mollusques pour former leur coquille. Mon admiration n'est en fait qu'une politesse intérieure pour me dissimuler le malaise profond que je ressens dans cette entreprise qui impose au corps des femmes une telle discipline. J'aimerais lui enlever ses chaussures à talon qui battent le marbre à un rythme militaire, je l'embrasserais dans le cou, je déferais son chignon et nous gambaderions pieds nus en riant de l'absurdité du monde ; mais, à peine a-t-elle ouvert la porte de la salle de réunion qu'elle disparaît instantanément, comme la fée des contes pour enfants. Une quinzaine de vice-présidents attendent debout, silencieux et livides. Je m'installe au bout de la longue table rectangulaire. Le patron n'est pas là, l'heure tourne. Après un quart d'heure, on entend une voix furieuse qui hurle au bout d'un couloir. La voix se rapproche, le patron est derrière la porte, les cris font trembler autant les murs que les vice-présidents. Pour supporter l'attente, chacun a choisi de fixer un point précis de la pièce, un motif sur la moquette, une fenêtre, un nœud de la table en bois, un crayon à papier, et s'y tient comme à une bouée de sauvetage. Enfin, le patron entre et s'assoit, rouge, les lèvres serrées. Les vice-présidents s'assoient à leur tour, me montrant implicitement que je n'ai pas respecté le protocole en m'asseyant en premier. Un siège reste vide. L'hôtesse au chignon, ou l'un de ses clones, emporte discrètement le bloc et le crayon de celui qui vient d'être viré. Depuis l'autre bout de la table, le regard inexpressif du patron s'ajuste lentement sur moi, ses lèvres s'entrouvrent. *Good morning, how are you ?, nice to meet you, thank you, goodbye in French*. Le comité de direction se met alors à répéter en chœur : *Bonjour, ça va ?, enchanté, merci, au revoir* une dizaine de fois, puis chacun son tour : *Bonsour, ça ba ?, enjanté, méleuci, au leboileux*. Quand le vice-président, qu'un motif de la moquette avait captivé pendant vingt minutes, murmure, le nez plongé dans ses notes, le patron le rappelle à l'ordre : *Plus fort !* Et le malheureux hurle comme on doit le faire à Pyongyang avec les slogans du Parti. Tout le monde répète encore dix fois les formules de salutation, puis le patron décrète la fin de la leçon. *On sort*, annonce-t-il aux vice-présidents, tout en ajoutant du même ton indifférent que s'il leur avait demandé d'emporter un dossier ou une valise à roulettes : *Prenez le Français avec vous*. Le comité de direction passe de la longue table de réunion où le patron est assis au bout à la longue table de restaurant où il trône au milieu. Je suis l'arbitre d'un jeu de boisson consistant à réciter les mots appris. A la moindre erreur de prononciation, je dois lever la main et le fautif boit son verre cul sec. *Bonsour*, commence le premier. Je lève la main, il boit son verre de soju. *Bonchour, ça ba ?*, dit le deuxième. Main levée, cul sec. *Bonzour, za pa ?* Main levée, cul sec. Et ainsi de suite. A chaque erreur du patron, c'est tout le groupe qui boit son verre. Leur prononciation se dégrade au fur et à mesure que les joues rosissent et que les corps dodelinent. Une fois seulement, je n'ai pas levé la main, mais le vainqueur s'est tout de même octroyé une récompense en buvant malgré tout son verre. La pression de la journée se relâche mais pas tout à fait. Toujours il reste une pellicule sociale entre soi et soi-même, qui impose de jouer le rôle du supérieur ou du subordonné. Il faut boire autant que le patron, le servir quand son verre est vide, chanter avec lui, rire quand il rit, pleurer quand il pleure. Puis les vice-présidents chavirent, écrasés d'alcool et de fatigue, dans un curieux mouvement de chute au ralenti, tels des arbres entamés à la hache qui se cassent lentement en deux. Il me semble – peut-être que j'exagère, que j'amplifie mon étonnement pour donner du sens à ce qui m'échappe, mais l'épuisement de ces hommes est tel, ils s'effondrent sur la table, sur une banquette, ou à même le sol, le patron calé entre les épaules de deux fidèles qui s'agrippent eux-mêmes à une étagère contre le mur, les yeux fermés, la bouche ouverte –, il me semble que, lors de ces soirées de beuverie entre collègues, visions effarantes de corps qui tanguent, épanchements d'émotions excessives interdites ailleurs, cérémonies d'épouvantails débraillés avec costumes en vrac et cravates sur la tête, sabbats sacrificiels de sorciers en transe, vastes éboulis de chairs vaincues par l'alcool, il me semble que ces gens répètent leur mort.

Les Coréens meurent facilement. Les vieux s'effacent, les plus jeunes se fracassent. Les stars récemment suicidées sont aussi nombreuses que les feuilles mortes un jour d'octobre. La célébrité n'est pas sereine en Corée du Sud. Et les phénomènes d'identification entraînent des comportements mimétiques aux conséquences dévastatrices. La chanteuse et actrice Lee Hye-reon, vingt-six ans, se suicide par pendaison le 21 janvier 2007. Harcelée sur son physique par les internautes, l'actrice Jeong Da-bin, vingt-sept ans, fait de même le 10 février 2007. L'acteur Ahn Jae-hwan, trente-six ans, s'intoxique au monoxyde de carbone le 8 septembre 2008. L'actrice Jang Ja-yeon, vingt-neuf ans, se pend le 7 mars 2009, elle était battue et abusée par son agent. L'actrice Woo Seung-yeon, vingt-six ans, se pend le 28 avril 2009. Le mannequin Kim Da-ul, vingt ans, se pend le 19 novembre 2009. L'acteur et chanteur Park Young-ha, trente-deux ans, se pend le 30 juin 2010. La présentatrice de télévision Song Ji-seon, trente ans, saute du dix-neuvième étage de son immeuble le 23 mai 2011. Le chanteur Chae Dong-ha, trente ans, se pend le 27 mai 2011. Accusée par son employeur d'avoir failli à son devoir de dignité pour avoir montré en public son visage marqué par les coups de son mari, l'actrice Choi Jin-sil, quarante ans, se pend le 2 octobre 2008. Suite à sa mort, son jeune frère, Choi Jin-young, lui-même acteur et chanteur, se suicide le 29 mars 2010, son ex-mari Jo Sung-min le 6 janvier 2013 et son ancien manager le 27 novembre 2013. Le jour même de l'annonce de la mort de Choi Jin-sil, trois femmes se suicident de la même manière, en se pendant avec des bandages médicaux. Il a été calculé que, dans les deux mois qui suivent le suicide d'une célébrité, le nombre de morts volontaires parmi la population coréenne augmente de trente pour cent. Rares sont les Coréens qui ne portent pas une histoire de suicide touchant leur famille, leurs amis ou leurs collègues. J'ai encore en mémoire le regard plein de désarroi de cet étudiant de l'Alliance française qui, rentrant chez lui après une soirée, a vu un corps s'écraser devant sa voiture. C'était une jeune fille qui s'était défenestrée, une adolescente. S'ils meurent facilement, je ne crois pas les Coréens morbides. La mort leur est imposée par le monde extérieur, qu'il s'agisse d'épuisement, de déshonneur ou de pression familiale pour réussir socialement. Le regard des autres est trop lourd à supporter quand il s'y mêle de l'opprobre. Les Coréens sont éduqués pour toujours tenir compte du regard d'autrui ; j'ai été élevé dans le souci exactement contraire, j'ai appris à m'émanciper du regard des autres pour suivre mon propre chemin. Il n'y a pas de modèle idéal. L'indifférence des Français n'est pas plus heureuse. Mais il y a une ironie tragique à constater combien la répugnance d'être une note discordante peut produire une note encore plus discordante, avec le suicide de ceux qu'on accuse d'avoir provoqué un tel dérangement. La société procède ainsi par autorégulation en incitant les éléments les plus singuliers à se contrôler ou à se supprimer. La Corée n'aime pas ceux qui créent du trouble en se jetant dans la vie comme une pierre dans un étang. Alors ils se jettent dans le vide.

J'attends la fin de l'hiver. Assise en tailleur, la grand-mère me regarde avec douceur. C'est la première fois qu'elle parle à un Occidental. C'est la première fois aussi que je parle à ma logeuse, ce sont nos premiers mots. Les miens, maladroits, essaient de lui signaler une fuite d'eau. Elle m'offre une tasse de thé vert. J'épuise mon maigre vocabulaire à lui demander comment elle occupe ses journées. *J'attends la fin de l'hiver.* Elle verse de l'eau dans ma tasse, me tapote le genou pour me dire d'attendre, se rassoit, et nous poursuivons la conversation sans parler. Elle pose sur la table basse des photos de ses enfants et petits-enfants tout en jetant des coups d'œil inquiets au givre qui colonise la face intérieure de sa fenêtre, comme si elle s'attendait à ce qu'il envahisse toute la pièce. Je saisis peu à peu ce qu'elle suggérait tout à l'heure ; la vieille craint de mourir l'hiver. Non par peur de sa propre vulnérabilité en cette saison mortifère, mais par souci de ceux qui auront la tâche pénible de creuser sa tombe dans la terre gelée et de ceux qui devront la pleurer dans l'air glacial. Ne risquent-ils pas de prendre froid ? Si elle espère passer l'hiver, c'est moins pour elle-même que pour les autres. Les Coréens ont l'obsession de ne pas déranger. Mais, comme toute passion, elle vit de ses excès. Il leur est si répugnant de provoquer une note discordante qu'ils n'affirment pas directement ce qu'ils pensent par crainte de troubler leurs bonnes relations avec les autres. Ils comptent sur la capacité de chacun à deviner leurs troubles ou leurs désirs. Alors, ils n'expriment pas, ils suggèrent. Je mesure ainsi combien il est illusoire de leur faire comprendre que les Français partent du présupposé inverse, selon lequel, pour s'entendre vraiment, il faut d'abord se contredire. Soucieuse de ses proches plus que d'elle-même, la grand-mère reste au chaud, dans l'attente d'une saison meilleure pour disparaître. Elle serre les dents et retient sa mort comme un éternuement dont on ne se libère qu'en se détournant. L'arrivée du printemps rassure les moribonds, c'est l'occasion d'une dernière politesse. L'été, ce sera trop tard, il serait inconvenant de mourir ainsi en pleine chaleur. Il faudrait tenir jusqu'à l'automne, c'est bien long. Mais n'est-il pas désirable de s'en aller avec les feuilles des arbres ? Les saisons intermédiaires s'accordent mieux à un départ discret. Rares aujourd'hui sont les familles qui peuvent se permettre d'acheter un terrain à flanc de montagne pour enterrer leurs morts. C'est pourtant là, face au sud, avec un cours d'eau en contrebas, que l'on peut reposer sous les meilleurs auspices, selon les règles de la géomancie. Les tombes recouvertes de terre et d'herbe rase soigneusement entretenue forment de légers renflements qui parsèment les montagnes coréennes. Un étrange sentiment de plénitude se dégage de ces madeleines telluriques dénuées de tout ornement, parfois accompagnées de discrets symboles ou d'une simple stèle de pierre – l'impression d'une sieste éternelle, d'un accouplement avec la terre, d'une longue gestation au contact des énergies, d'une acceptation plus sereine qu'en Occident du fait si naturel de mourir. Mais les emplacements idéaux sont en nombre limité. Un défunt occupant en moyenne soixante-six mètres carrés de terrain, les montagnes sont désormais surpeuplées, le séjour en tumulus est de plus en plus un luxe, l'enterrement un privilège. A présent, la crémation attend la plupart des Coréens. La tombe à flanc de montagne, c'est trop cher, trop loin, trop contraignant à l'entretien pour des familles urbaines et affairées. Les Coréens sont en train de rompre un lien ancestral avec la terre. La mort est devenue une vraie disparition. Face au sud, avec un cours d'eau en contrebas, les montagnes s'épuisent à nourrir les restes de morts anciens. Les vieux rêvent de se glisser sous la peau des montagnes, mais on ne les enterre plus – alors bientôt ils craindront moins de mourir l'hiver.

LE PETIT HOMME

Mon attention concentrée sur les racines sous le gel et la neige
Qu'ai-je besoin d'aspirer à un feuillage luxuriant ?

Tou Fou

En descendant Malli-dong un matin d'hiver, je suis surpris par le ciel clair qui s'ouvre au sortir des rues étroites. Les habitations modestes cèdent la place à des immeubles de verre entre lesquels se dessinent des rectangles et des trapèzes dans un ciel au bleu parfait, sans voile de brume à l'horizon, où les couleurs et les contours, le proche et le lointain ressortent avec une netteté totale. C'est le ciel – qui se manifeste seulement à certains moments des saisons froides, qu'on retrouve souvent en haute montagne – du pur présent. Les tours immenses donnent encore plus d'altitude à l'air limpide. A intervalles réguliers, l'œil bute contre une masse de béton géométrique, puis se projette un instant dans les espaces bleutés avant de rencontrer un nouvel obstacle, encore plus haut, plus massif ; et plus on avance, plus on rapetisse. A force de vagabonder ainsi, je prends goût aux violents contrastes du Séoul d'en bas. Comme un nageur qui alterne la plongée en apnée et les retours en surface, je me laisse envahir par une sensation ambiguë où se mêlent écrasement et soulagement. Plus rien n'est à l'échelle, je deviens un terrain vague, une page blanche.

C'est une joie rare que de découvrir une sensation inconnue qu'on adopte pour la vie, intégrée à la sensibilité, comme à l'esprit une pensée inédite. Si on l'embrasse avec autant de facilité, c'est qu'on était appauvri sans le savoir. Chacun devrait faire l'histoire de ces premières fois où une expérience nouvelle apporte un sentiment accru d'être en vie. C'est le privilège de l'enfance que de recevoir plusieurs premières fois par jour. Puis on grandit, le rythme des bouleversements ralentit. La sensation de nouveauté se perd. On s'habitue à ne plus la ressentir, on croit rompu le charme des découvertes. Et quand une lecture, une musique, un voyage nous offrent la surprise d'une image, d'une mélodie, d'un paysage qui semblent sortis d'un monde plus vaste que l'horizon habituel, nous sommes reconnaissants et joyeux, et en même temps un peu tristes car la nouveauté surgit à un moment tardif où elle passe à travers nous comme de l'eau dans un filet, sans vraiment nous changer, sans combler les vides, alors que dans notre enfance un rien suffisait à dérouler un tapis enchanté menant vers un univers à explorer. Nous avons toujours de la perception mais moins de sensibilité, nous voyons et sentons la nouveauté mais nous restons inchangés après son apparition. Seul subsiste en nous le souvenir du roman, du concert, du pays exotique, et nous le racontons aux autres pour nous prouver l'intensité de ce qui a été ressenti. Au fond, il n'en reste rien, et on croit que, passé sa jeunesse, on n'est plus que le gestionnaire de sa vie. Pourtant, parfois le charme se ranime. Tel un volcan actif qu'on croyait éteint, la sensibilité se réveille sans prévenir. Alors on s'étonne, on se déracine du monde familier, on se laisse aller à redevenir enfant, on pousse en grand la porte entrouverte. Les autres, jusqu'aux plus intimes, nous font reproche de ne plus être vraiment là, ils voient du vide dans un regard qui est simplement ailleurs, ils réclament de l'attention alors qu'on est au plus proche d'une obsession, ils prennent pour de l'indifférence et de l'égoïsme ce qui est enthousiasme inexprimable et oubli de soi, ils complotent sans le savoir pour anéantir ce qui a fait notre joie – mais peut-on leur en vouloir de s'inquiéter de nous voir toujours prêts au départ ?

Cette joie, je l'ai connue en demandant à une Coréenne à qui je donnais des cours privés – elle avait la délicieuse habitude de passer un coup de fil quand je sortais de son immeuble, *Retournez-vous !*, et de plaquer ses seins nus contre sa fenêtre tandis que son mari pianiste répétait dans la pièce d'à côté – ce que signifiait un terme intraduisible qu'elle prononçait régulièrement en goûtant ou en humant certains plats avec un sourire aux lèvres et les yeux brillants de délectation : *gosohada.* Pour toute réponse, elle a ouvert une bouteille d'huile de sésame : *Sens, c'est gosohada* ; elle m'a mis dans la main une pincée de graines : *Goûte, c'est gosohada* ; elle a raclé le riz grillé et croustillant attaché au fond du bol en pierre qui avait servi à cuire directement sur le gaz un *dolsot bibimbap*, mélange de riz, de légumes, de viande de bœuf émincée, de pâte de piment rouge, le tout surmonté d'un œuf : *Cela aussi, c'est gosohada.* Et, d'un coup, exactement comme une illumination intellectuelle, j'ai compris, sans avoir besoin de traduction ni d'explication. Ce goût nouveau qui fait saliver les Coréens, je le connaissais depuis toujours, il était tapi dans l'odeur des tartines grillées, dans les noix séchées, dans le farineux de pommes de terre vapeur trop cuites, dans le vieux cantal, là où le fromage est le plus proche de la croûte. Comme un naturaliste élaborant une nouvelle classification du vivant, je voyais se relier des éléments hétérogènes dans une catégorie qui se nuançait peu à peu, avec des degrés de *gosohada* plus prononcés pour certains aliments, ceux qui venaient de la terre et qu'on avait fait vieillir, de telle sorte que le *gosohada* le plus intense correspondait à la sensation du temps passé. Le *gosohada* s'obtient avec patience – patience de la cuisson, de la fermentation, de l'affinage, de la dessiccation, patience du temps qui adopte le rythme propre des éléments et la profondeur de leur origine. Ce goût du vieillissement n'avait rien de désagréable, comme le rance ou le gâté, ni amertume en bouche ni avant-goût de la mort. Bien au contraire, il se rapprochait de l'émotion que procurent la patine des meubles anciens, les lieux d'histoire, les ruines, les monuments ou les mains d'un grand-père, exacerbant le sentiment d'être là, présent et solide, dans la continuité de ce qui fut et dans l'affirmation de ce qui est.

Pour moi, aucun plat n'exprime si bien ce goût du temps qui passe que le *doenjang jjigae*, un ragoût de pâte de soja, de telle sorte que, tout comme certaines musiques évocatrices ne doivent pas s'écouter dans n'importe quelle circonstance, il faut en manger rarement pour ne pas émousser la précieuse sensation.

Dans un bouillon à la couleur et la texture bourbeuses, on découvre des champignons, de l'oignon, des cubes de pommes de terre, de courgettes et de tofu. Quand on laisse reposer la soupe, elle se clarifie et les ingrédients apparaissent au fur et à mesure que le soja fermenté se dépose au fond. Mais dès qu'on plonge la cuillère dans ce petit univers, il se trouble et tourbillonne en produisant de fascinantes arabesques. Le *doenjang jjigae* exalte en bouche la puissance de la terre au sens de sol nourricier. On est visité par un concentré de graines, racines, bulbes, tubercules, mousses, humus, lichens, feuilles sèches, par une chaleur animale, la poussée des arbres, l'haleine des sous-bois, l'énergie des montagnes, une communication des profondeurs avec les hauteurs où l'homme n'a plus la préséance mais se tient en arrière-plan, contemplateur et conquis. Rien à voir avec les potages lisses où des légumes écrasés meurent d'ennui. Il n'y a rien de rebutant dans le teint terne et terreux du *doenjang jjigae.* Il s'accorde avec la table en bois sombre où les baguettes et la cuillère en inox, le gobelet à eau en plastique blanc ou bleu ciel apportent de discrètes touches claires tirant vers le mat. Je n'ai jamais aimé l'éclat vulgaire de l'argenterie, la blancheur trop parfaite des porcelaines, la transparence indécente du cristal et le garde-à-vous des couverts de chaque côté de l'assiette. Assis en tailleur devant une table basse où la serveuse a posé la terrine noire de mon ragoût de soja fermenté, je réalise soudain qu'une part importante de mon plaisir provient d'une sensation de libération par rapport aux exigences du repas à la française. Ici, on ne hiérarchise pas les plats, tout est servi en même temps, sans cérémonial, chacun prend ce qu'il veut, comme il veut, et libre à lui de parler ou de se taire, le silence étant souvent la meilleure façon d'apprécier son repas.

En Corée, le riz est servi dans un bol en métal coiffé d'un couvercle qui réchauffe les mains quand il fait froid. On dirait une offrande, comme si en France on nous présentait un petit pain enveloppé dans du papier de soie. Après quelques instants d'attente pour qu'il se refroidisse un peu, on ouvre le bol. On sait ce qui nous attend, il n'y a pas de surprise ; et pourtant on ne peut s'empêcher d'éprouver un plaisir particulier à soulever le couvercle, semblable à celui qu'on ressent au moment de pousser la porte de la maison familiale ou d'ouvrir un livre cent fois consulté, le plaisir de l'absence totale d'incertitude qui, parce qu'elle se dissimule derrière le couvercle, la porte ou la reliure, nous laisse imaginer qu'elle ne l'est peut-être pas tout à fait – et si le bol contenait autre chose, et si ma famille avait déménagé, et si le livre était écrit dans une langue étrangère ? On soulève le couvercle, et une vapeur familière dégageant une odeur de pluie chaude vient rassurer celui qui jouait à se faire peur. En France, on n'aime pas le riz qui *colle*. Nous voulons que les grains de riz soient de petits individus séparés les uns des autres. Le riz coréen doit être gluant pour pouvoir être apprécié et saisi par les baguettes. Le bol de riz, c'est une foule agglutinée, avec son histoire et son destin. Pour le comprendre, il faut revenir à la plante. Des semailles aux moissons, elle exige deux fois plus de temps de travail que pour le blé. Elle mobilise aussi un plus grand nombre de paysans sur un même champ. Sans relations harmonieuses entre toutes ces personnes, sans loyauté et fidélité entre elles, il n'y a pas de culture possible, pas de survie. Les hommes du riz auraient ainsi développé une bien plus grande dépendance entre eux que les hommes du blé, plus individualistes. Les puissants s'accommodaient fort bien de les voir constamment affairés dans les rizières et si fortement liés les uns aux autres. Ils avaient la paix à peu de prix. Aussi, ces nobles esprits ont vu d'un mauvais œil l'introduction de la patate douce en Corée en 1763. Comme elle était facile à faire pousser, elle requérait moins d'efforts et de travail collectifs que la culture du riz. Voilà qui mettait en péril l'ordre établi. Ici peut-être plus qu'ailleurs, l'oisiveté est mère de tous les vices. Malgré ses propriétés nutritives, la patate douce a mis des décennies à s'imposer dans la péninsule coréenne. Comme les productions étaient confisquées, le tubercule devint rare et prisé, si bien qu'il servit de monnaie d'échange et entraîna des fonctionnaires dans la corruption. Les puissants triomphaient, l'oisiveté menait bien au vice. J'aime cette idée comique que le bol de riz gluant qui fume à côté de mes baguettes renferme un peuple d'hommes miniatures cramponnés les uns aux autres dans un affairement permanent. Elle me rappelle les fables coréennes qui évoquent le riz pour moquer les puissants. Ainsi, je ne me lasse pas de l'histoire du bossu idiot et désargenté qui décide d'aller à Séoul à la saison des concours pour devenir fonctionnaire. Il demande à sa mère un demi-grain de riz pour la route. A la première auberge, il confie son précieux demi-grain de riz au maître de maison. Un rat le mange pendant la nuit. L'aubergiste attrape le rat et le donne au bossu en compensation. A l'auberge suivante, il confie le rat au tenancier mais il est attaqué par un chat. L'aubergiste lui donne son chat. Puis l'âne d'une autre auberge marche sur le chat et le tue. L'aubergiste donne son âne au bossu. Ailleurs, l'âne reçoit des coups de corne d'un bœuf dans l'étable de l'auberge. Le bossu est si désespéré que l'aubergiste se sent obligé de lui céder son bœuf. Arrivé à Séoul, le bossu confie son bœuf pour la nuit à un marchand de bovins. Mais le fils du marchand vend le bœuf par erreur. Le bossu fait une scène épouvantable. On recherche l'acheteur. C'est un ministre, et l'animal a déjà été sacrifié. Il propose un arrangement au bossu, il pourra épouser l'une de ses filles s'il renonce à sa plainte. Et voilà comment, parti pour Séoul avec un demi-grain de riz, un bossu idiot se maria à la fille d'un homme puissant, puis devint gouverneur d'une province.

Manger est un exercice périlleux dans les premiers temps. Les baguettes sont en métal, plus longues que les baguettes japonaises, plus lourdes aussi, et plus courtes que les baguettes chinoises, plus fines également ; et, comme elles sont légèrement aplaties, leur maniement n'est pas aisé. Au début, le proverbe coréen *mourir de faim tout en mangeant* prend tout son sens pour l'étranger qui doit apprendre à saisir les nouilles ou les graines de soja, à décortiquer un poulet, à tremper les raviolis dans la sauce, tout en suivant le rythme des Coréens qui mangent vite et parlent peu pendant le repas. Les baguettes obligent à émincer les aliments et à ne saisir que de petites bouchées, sans qu'on puisse déterminer si c'est la frugalité qui a incité les Asiatiques à utiliser des baguettes, ou si c'est l'usage des baguettes qui a entraîné des habitudes de frugalité. Elles sont parfaites pour le partage d'un plat commun, elles mettent de la distance entre la main et la nourriture, elles sont une extension du corps. En apparence, elles n'ont rien d'agressif comme la fourchette, mais ce sont des armes redoutables pour qui pratique les arts martiaux. Bien maniée, une baguette peut tuer en perçant les oreilles, le nez, les yeux, la gorge ou l'abdomen. A ce titre, les baguettes métalliques coréennes sont très dangereuses – mais pas entre mes mains, me dis-je, en luttant désespérément pour dépiauter mon *samgyetang*, petit poulet cuit dans un bouillon de ginseng, d'ail et de jujubes séchés. Ayant compris l'imploration muette de mon regard en quête d'un couteau, ou faisant tout simplement preuve de compassion, la serveuse qui me guettait du coin de l'œil depuis une dizaine de minutes s'éloigne en cuisine et dépose près de mon bol de soupe une paire de ciseaux. Vaille que vaille, je prends les ciseaux, bien décidé à décortiquer ce poulet retors, mais je les repose aussitôt avec le désespoir d'un soldat sous le feu ennemi qui découvre que les munitions livrées sont chargées à blanc : les ciseaux de cuisine apportés par la serveuse attentionnée sont pour droitier, or je suis gaucher. Il y avait bien longtemps que je n'avais pas eu à apprendre les gestes les plus anodins. Décidé à conquérir mon indépendance, je reprends les baguettes et saccage consciencieusement le poulet de mon *samgyetang*. Ce long travail pour ne pas mourir de faim en mangeant m'oblige à essayer différentes positions pour les tenir. J'observe mes voisins, je convertis mentalement leurs gestes de la main droite pour les adapter à ma main gauche, je deviens une attraction pour tout le restaurant, on m'encourage et on me conseille, un petit Coréen de six ans s'assoit à côté de moi et me montre sa technique, on commente mes progrès avec amusement et bienveillance. Et soudain, d'un coup, comme la station debout ou l'équilibre sur un vélo, c'est là. Mes doigts s'ajustent aux baguettes qui pincent et saisissent avec naturel. Une clameur admirative retentit dans le restaurant, *Jal-esseoooo ! C'est bien !*, et une main anonyme reprend la fourchette qui avait été discrètement posée à côté des ciseaux. Peu à peu, je m'imprègne de ces gestes qui produisent une allure propre aux habitants du pays. Au début, on jure dans le paysage, on sonne faux. Dans la foule, on se sent comme un cerf-volant dans une nuée d'oiseaux. Ce n'est pas une question d'apparence physique mais de rythme, de façon de mouvoir son corps dans la ville, de tenir sa tête et de poser son regard. Il ne suffit pas de savoir passer commande au restaurant, de tenir correctement les baguettes et d'attraper les aliments sans en mettre la moitié sur la table, il y a tout un rituel corporel à intégrer pour ne plus avoir l'air d'un touriste égaré, l'inclinaison polie pour saluer, l'équilibre entre le silence et la parole lors du repas, le réflexe de remplir le verre des autres et de ne pas se servir soi-même, d'utiliser les deux mains pour tenir son verre, pour payer et recevoir la monnaie. Au fur et à mesure que de nouveaux gestes habitent le corps, on se love dans un ailleurs à la manière d'une bête dans sa litière. Les gestes nous inventent une peau qui se dépose sur notre moi habituel, si bien que le personnage que nous sommes à l'étranger, plus tout à fait le même, pas vraiment un autre, prend alors le dessus dans un entre-deux où l'on retrouve intact, jailli des temps lointains de son enfance, tel le souffle libéré d'une grotte brusquement descellée, le goût des illusions.

Dans le bouillon de mon poulet flotte une racine de ginseng, *insam* en coréen. C'est un *petit homme* au corps décapité et aux membres filiformes. Il semble échappé des énormes bocaux qui trônent sur le comptoir du restaurant. Les racines de ginseng qui se déploient en longs filaments marinent par dizaines dans de l'alcool, figées dans des élans d'effusion et des poses d'accouplement. Certaines racines exhibent un buste divisé en deux cuisses qui s'entrecroisent avec des pudeurs de vierge effarouchée ; d'autres s'apparentent à un métissage entre une forme humaine, un calamar et une déesse indienne. Dans un premier temps, je contemple avec malaise le comptoir surpeuplé et mon baigneur décapité, parce qu'ils me rappellent qu'enfant je restais pétrifié d'effroi dans la salle du musée de l'Homme au Jardin des Plantes où baignaient dans des bocaux de formol des fœtus difformes et autres monstruosités humaines. Quand on vit ailleurs, il faut s'efforcer de mettre la mémoire de côté, car elle empêche la rencontre en recouvrant une expérience nouvelle du voile d'une expérience ancienne, faite dans un autre monde, avec d'autres repères, une autre sensibilité. Les Coréens ont beaucoup de respect, et même de tendresse, pour le petit homme qu'ils peuvent grignoter cru pour mieux profiter de ses bienfaits. C'est un stimulant reconnu pour la santé, la jeunesse, la vigueur, autrement dit l'énergie, la vie. Le bouillon de mon *samgyetang* a un fond légèrement amer, il produit peu à peu une chaleur agréable qui se diffuse de l'estomac au reste du corps. Je ne saurais dire si je suis plus vivant ou en meilleure santé, mais je me sens moins lourd qu'après un cassoulet. Le petit homme gît désormais au fond de la marmite en pierre. Le contraste de taille entre deux objets identiques, l'un gigantesque, l'autre minuscule, a toujours produit en moi une sensation de vertige, probablement héritée de l'enfance, quand le monde des adultes apparaissait comme un univers de titans et que je trouvais refuge dans les microcosmes inventés, une flaque d'eau prise pour un océan, de la mousse pour une forêt, des fourmis pour des éléphants. Mais je découvre en Corée un *goût* pour ce qui me rebutait. De l'infime au colossal, il n'y a pas de coupure, mais une filiation, une unité fondamentale ; et la différence de taille n'est rien d'autre que la concentration ou l'amplification de la même énergie. Rien ne sert de ruminer sur la disproportion entre les extrêmes, il faut se débarrasser du vertige de l'abîme. Il existe ailleurs un autre point de vue, plus serein, plus modeste aussi, car davantage enraciné dans la terre, qui soulage de la perception des gouffres. Les Coréens comprendraient-ils que j'ajoute à la liste des bienfaits du ginseng : *Libère des* Pensées *de Pascal* ?

Les racines à forme humaine ont longtemps suscité un mélange de fascination et d'effroi chez les Européens. La mandragore était la plus mystérieuse d'entre elles au Moyen Age. Sous ses feuilles gisait un homoncule, masculin ou féminin, dégageant une forte odeur, narcotique, qu'on disait mortelle pour qui s'en approche trop près. Il fallait procéder à un rituel précis pour l'extraire, attacher la tête de la racine à une corde et la corde au cou d'un chien. L'opération est risquée, il convient de se tenir à distance, de bien rester dans le sens du vent et de se boucher les oreilles. On raconte que la plante hurle quand on l'arrache. La mandragore pousserait près des gibets, elle se nourrirait du sperme des pendus et du sang des suppliciés. On confond son nom avec la *mandegloire*, main de gloire, cette main séchée d'un pendu qu'un voleur agite au nez de sa victime pour le paralyser de peur. Mais la racine de mandragore endort les patients à opérer et soulage les douleurs. Elle aurait aussi le pouvoir de féconder les femmes. Corps plante, âme sous terre, sang des morts, baume des vivants, ingrédient des sorcières, elle trouble tous les repères. En Corée, le ginseng sauvage est considéré avec un infini respect. Le *petit homme* est accouché de la montagne. Il est gorgé d'énergie yang. Les femmes, d'énergie yin, n'ont pas le droit de participer à sa récolte. Le matin, les chercheurs de ginseng examinent les rêves de la nuit pour y déceler des indices sur l'emplacement des racines. Ils arpentent la forêt en silence, par ordre d'âge, en prenant garde à ne pas troubler l'esprit de la montagne. L'extraction est longue et délicate, il faut dégager la racine sans la blesser, jusqu'à la moindre radicelle. Une fois le travail achevé, on jette quelques pièces dans le trou et on remercie la terre.

Le ginseng de Corée, *panax ginseng*, est le plus réputé. Il contient davantage de propriétés stimulantes, les ginsénosides, que le ginseng américain, *panax quinquefolius*. La racine sauvage pousse à flanc de montagne, dans les zones ombreuses, entre les arbres et la rocaille. En surface, elle produit une longue tige divisée en plusieurs branches portant chacune cinq feuilles, qui se prolonge en un élégant bouquet de baies rouges. La tige tombe à l'automne et se renouvelle tous les ans. Il est facile de connaître l'âge de la racine car elle en conserve une trace : il suffit de compter les entailles subsistantes. Le ginseng se développe lentement et se récolte après plus de quatre années de maturation dans le sol. Mais les racines les plus saines peuvent vivre des dizaines d'années, plus de cinquante pour les plantes exceptionnelles. Pendant longtemps, l'homme avait la même espérance de vie que le ginseng ; et il y a plus qu'une ressemblance, une parenté et une filiation entre les hommes d'ici et le ginseng, un lien d'identité accentué par la modestie des Coréens, leur persévérance et leur résistance face aux duretés de la vie, qui trouvent un écho dans la lutte incessante de la plante contre les racines concurrentes des arbres, les frottements des rochers, le lessivage de la mousson, les griffures du gel, les gifles du vent. En vieillissant sous terre, la racine sauvage s'amaigrit et se tord comme si elle souffrait d'arthrose. Son tronc se divise en racines secondaires qui ressemblent étrangement à des membres, si bien que la racine extraite du sol présente l'aspect d'un corps décapité, un homme saisi en pleine course, une femme pudique croisant ses jambes, un vieillard décharné, un mutant à trois cuisses, un poulpe humain. Pour moi qui ai gardé le souvenir des difformités du musée de l'Homme, j'éprouve une fascination ambivalente pour ces racines anthropomorphes. Mais pour un peuple qui vénère les ancêtres et les montagnes, l'énergie terrestre et le souffle vital, la racine de ginseng est l'image de la vie elle-même.

La découverte du ginseng par les Européens est due à un jésuite, le père Jartoux, envoyé en Chine en 1709. Le 12 avril 1711, il écrit une longue lettre au père procureur général des Missions des Indes et de la Chine au sujet d'une plante qu'il a eu l'occasion de voir dans un village tout proche du royaume de Corée : le ginseng. Le mot vient du chinois et signifie *homme-plante.* Jartoux décrit les vertus médicinales que les Chinois lui attribuent, mais aussi le marché colossal qu'il représente. L'empereur de Chine a sous ses ordres dix mille hommes qui le récoltent pour lui et il paie le ginseng au poids de l'argent fin. Un autre jésuite, le père Lafitau, qui se trouve au Canada à la même époque, lit la lettre de Jartoux en 1715. Il n'en revient pas, la description et les dessins de la plante, son usage et ses vertus, et même son nom lui évoquent une racine utilisée par les Iroquois. Lafitau part enquêter auprès des Indiens et il découvre le ginseng américain à l'automne 1716. Les Iroquois l'appellent *garent-oguen, cuisse-jambe.* En 1718, le père Lafitau transmet au duc d'Orléans, régent de France, son *Mémoire [...] concernant la précieuse plante du gin-seng de Tartarie, découverte en Amérique*, où l'on entrevoit tout le bénéfice que le Royaume de France pourrait tirer du commerce du ginseng avec la Chine. C'est le début d'une ruée vers le ginseng en Amérique ; et d'un saccage des ressources, car les Européens ignorent tout de la maturation lente de la plante et des modes de séchage et de conservation particuliers de sa racine. Le premier navire commercial à porter les couleurs des Etats-Unis nouvellement indépendants porte le nom d'*Empress of China.* Le

22 février 1784, il effectue son voyage inaugural à destination de Canton, avec pour chargement, entre autres, trente tonnes de ginseng. Or, depuis des siècles, les Chinois avaient pour habitude de s'approvisionner en Corée, dont le ginseng rouge était le plus réputé. L'afflux soudain du ginseng américain va profondément déstabiliser l'économie coréenne durant tout le XIXe siècle. Mille ans de monopole commercial avec la Chine s'effondrent en quelques décennies. Mais la ressource du ginseng sauvage se tarit aux Etats-Unis. Les Américains consacrent les années 1860-1880 à tenter de percer le secret de sa culture détenu par les Chinois et les Coréens. Ils mobilisent leur appareil diplomatique basé en Extrême-Orient, multiplient les rapports, les études, les expérimentations, envoient des espions, recueillent des informations auprès des Coréens immigrés aux Etats-Unis. Quand le secret est découvert dans les années 1880, la Corée n'est déjà plus tout à fait elle-même. Humiliée par le Japon qui la force à signer un traité inégal en 1876, puis par les pays occidentaux qui font de même et s'octroient des concessions, elle voit déjà se préparer le terrible XXe siècle. La colonisation japonaise va littéralement la déraciner, et la division entretenir le déchirement pour une durée encore indéfinie. Son avenir s'apparente désormais au destin tragique du *petit homme*.

Une fois terminé mon *samgyetang*, j'ai enveloppé la racine de ginseng dans une serviette pour l'emporter avec moi. Ce geste a dû sembler à la serveuse aussi ridicule que si un touriste en France s'avisait de récupérer les coquilles d'huîtres de son plateau de fruits de mer. J'ai mis le petit homme dans la poche de ma veste et nous sommes allés au musée de Bucheon, près de Séoul. Je voulais revoir la salle des *suseok*, les *pierres-eau*, ou plus poétiquement les *pierres-paysage*. Au Japon, on les appelle *suiseki* et en Chine *gongshi*. Leur taille varie du presse-papier jusqu'au rocher servant d'ornementation pour les jardins. Elles ont en commun une forme étrange qui présente une ressemblance avec un élément naturel, soit par les motifs géologiques incrustés, soit par les aspérités forgées par l'érosion. Il n'y a pas de règle pour le chasseur de pierres-paysage, sinon que la pierre trouvée doit naturellement donner à voir *quelque chose*, sans intervention humaine autre que le regard qui repère en miniature ce qu'il perçoit grandeur nature. Il y a des *suseok* en forme d'île, de falaise, de grotte, de montagne, de chaîne de montagnes, des *suseok* anthropomorphes, ou même stylisés, qui rappellent les sculptures surréalistes de Giacometti. Les montagnes miniatures sont particulièrement intéressantes. Elles révèlent le contraste le plus extrême, mais aussi la continuité la plus évidente entre le minuscule et le gigantesque. Ce sont des œuvres d'art, mais de la nature. Elles matérialisent le regard de celui qui les a trouvées, sa vision du paysage. Les observer permet de s'oublier, de se convaincre de l'idée d'harmonie entre l'homme et le monde, la partie et le tout, la poussière et l'infini. La pierre-paysage apaise. Comme le ginseng, elle diffuse une chaleur, mais spirituelle.

Mon objet-paysage, c'était un pot à crayons en métal décoré de motifs assez naïfs représentant une prairie, un ruisseau, quelques arbres, un vague soleil et une hirondelle figurée par deux traits noirs. Il se trouvait sur le bureau en bois de ma chambre d'adolescent. Je l'avais toujours en face de moi. Un soir de fatigue ou d'ennui, je regardais le pot sans le voir, suivant des yeux la ligne sinueuse du ruisseau. Laissant libre cours à l'imagination flottante, je me mis à remonter à sa source, jusqu'au goutte-à-goutte de son émergence entre deux rochers, près d'un glacier où je me laissai glisser, accroupi sur mes chaussures, atteignant une vitesse si folle que je faillis tomber de ma chaise. Je recommençai en prenant un autre détail du pot et je descendis le ruisseau jusqu'à atteindre une rivière, un fleuve, l'océan. Peu à peu, j'appris à dompter le phénomène et, entre quinze et dix-sept ans, je passai plus de deux années à rêvasser tous les soirs devant ce pot métallique. Je me livrais à une activité qui, à cet âge, aurait pu passer pour de la mélancolie maladive, voire suicidaire, tandis que les autres jeunes gens jouaient au foot ou couraient les filles au bal du samedi soir. Pourtant, je développai là une vraie discipline. Mon esprit produisait des images, les images des mots, et les mots s'ouvraient comme des fenêtres sur des paysages. Cette hypnose permettait de voyager loin, très loin. Ce n'était pas une évasion, la fuite du quotidien, la quête d'un malheureux cherchant à tout prix et par les moyens les plus artificiels à s'éloigner de sa propre vie, mais un mouvement incontrôlé vers la surface la plus intime des choses, vers une vie qui certes n'était pas la mienne, mais celle de tout être, aussi bien des insectes, des plantes, des hommes que de la mer et des montagnes. C'était une illusion peut-être, mais je la vivais comme une expérience aussi intense que les rêves de la nuit. Pour lui donner de la permanence et prolonger mon plaisir, je décidai un jour de conserver une trace de cette sorcellerie et je me mis à noter les mots qui s'agençaient involontairement durant mes curieuses explorations assises. De façon aussi naturelle et évidente que le lierre grimpant autour d'un arbre, je me mis à écrire. Ce furent deux années de parenthèse joyeuse et insouciante, avant l'invasion des préoccupations stérilisantes, étudier, préparer des examens, trouver un appartement, un travail, se caler dans les rails d'une vie administrative et sans interstices, pleine comme un œuf, ennemie des visions éparpillées en d'infinis éclats, où les événements n'apportent pas plus à l'évolution de soi que les gouttes de pluie à l'océan. Le souvenir radieux de ces accouplements parfaits des images et des mots ne me quitte pas. C'est après ce charme originel que je cours depuis. Mais il s'amenuise avec l'âge, il faut en profiter avant qu'il ne s'épuise. Parfois, une conjonction miraculeuse de circonstances, une humeur, un climat, la rencontre avec un objet, un fragment, un visage, le ranime un court instant, et je me précipite, oubliant ce que je fais, avec qui je suis, le temps qui passe, pour noter et conserver une trace de la vision fugace. C'est cette chaleur spirituelle, ce réchauffement de soi à la lumière du lointain enchantement que j'ai ressentis de nouveau en observant les pierres-paysage. Fallait-il venir si loin pour découvrir que, d'une expérience que je croyais puérile et qu'il me semblait déraisonnable de regretter au fur et à mesure qu'elle s'épuisait, des lettrés, des peintres, des poètes avaient fait ailleurs un art de vivre ?

La visite de la collection des neuf cents pierres du musée de Bucheon est fortement recommandée à tout Occidental qui se lamente de l'insignifiance de son nombril dans l'univers. Pour ma part, j'aime tout particulièrement une pierre qui me rappelle le cirque de Gavarnie. Même la brèche de Roland y figure. Cette légère entaille dans la muraille de dix centimètres de haut se prolonge par des veinules de quartz qui miroitent comme des cascades sur les parois abruptes. On imagine les glaciers lovés dans les plis de la roche, le grondement de l'eau qui tombe dans le vide, les courants d'air tournoyant dans la dépression circulaire. En contemplant cette pierre-paysage, une sensation ancienne se réveille. C'était avec mes parents notre première visite du site de Gavarnie. Ils m'avaient loué un âne pour traverser la vallée glaciaire. L'animal accaparait toute mon attention, j'étais ailleurs, dans un monde de voleurs de diligence et de justiciers solitaires. Nous étions presque arrivés quand j'ai relevé la tête. Et, tout d'un coup, j'ai été traversé par une sensation inédite, aussi vive et fugace qu'une décharge électrique. Face à l'immensité et à la majesté du lieu, face à la présence intimidante des montagnes qui s'imposaient comme si elles étaient *vivantes*, comme si la vie se manifestait en elles de façon bien plus évidente que dans les plantes et les êtres animés, je n'étais plus un être humain mais une particule accueillie avec bienveillance par ses ancêtres telluriques. L'âne s'est mis à braire, et la sensation s'est évanouie aussi vite qu'elle s'était manifestée. Malgré tout, elle a servi de curseur à mes expériences. Je l'ai retrouvée un jour que je marchais au bord de l'océan, elle m'a surpris au milieu d'une forêt de châtaigniers, elle m'a frappé au sommet d'un canyon dans le désert, chaque fois brève et fugitive, vague comme un déjà-vu, presque illusoire, impossible à partager. Mais à présent, je la tiens, elle est là, dans toute son intensité, concentrée dans la pierre-paysage, pure sensation cosmique. Alors, tout à la fois saisi d'un retour d'enfance, instrument d'une absurdité qui me dépasse et inspiré par un simulacre de cérémonie chamane, je sors le petit homme de ma poche et le dépose au pied de la montagne.

LES FRONTIÈRES

En traversant le col Arirang
Dans le ciel clair autant d'étoiles
Dans les cœurs autant de rêves.

CHANT TRADITIONNEL CORÉEN

C'est arrivé d'un coup. Depuis le cinquième étage de l'Alliance française, on peut voir un mur jaunâtre ronger l'horizon du ciel limpide. Je me précipite sur la colline Namsan pour profiter du spectacle. Lentement, la ville s'efface, avalée par les poussières de sable venues du désert de Gobi qui envahissent Séoul à chaque printemps, un phénomène déjà signalé à l'époque des Trois Royaumes, il y a dix-neuf siècles. Face à moi, le disque parfait du soleil qui se dessinait dans la brume matinale se trouble au fur et à mesure que le voile de sable jaune s'épaissit. Ses contours enflent et se brouillent, coulent jusqu'à disparaître, laissant place à une vaste tache de lumière fade cernée d'un halo plus clair, gris-blanc, évasé vers le haut, étroit à la base, à l'intérieur duquel le soleil répète le moment de sa chute finale. On ne distingue plus les volumes que la poussière abolit. Seules subsistent de la ville les lignes vagues des avenues et des voies rapides, tandis que les verticales des buildings se devinent à peine, telles des traces de crayon laissées par un grossier coup de gomme. L'air devient irrespirable, et pourtant je ne parviens pas à quitter le sommet de Namsan. Il n'y a plus ni contour ni frontière, tout vibre et se répond, le proche et le lointain, le haut et le bas, la ville et le ciel, dans des bouffées de coloris cendre, ocre et orange qui rappellent les toiles de Turner de sa dernière période, et dont je cherche à saisir toutes les nuances avant de m'enfuir en courant, les yeux rougis et la gorge brûlante.

Le jour, la Corée du Nord est un univers gris ; la nuit, elle est un trou noir. C'est le seul pays au monde qui ne s'éclaire pas une fois le soleil couché. Les images des satellites montrent une tache sombre qui se confond avec la mer. Il y a comme un vide après la Chine, d'où l'impression que la Corée du Sud, lumineuse jusqu'à anéantir la nuit, projetant dans l'espace la fierté de sa réussite, est une île. Cette image frappante rappelle les anciennes cartes de l'Extrême-Orient. Les Européens ont longtemps peiné à représenter correctement la péninsule coréenne. Sur la carte de 1595 du jésuite portugais Luís Teixeira, elle apparaît comme une île de forme allongée curieusement parallèle à la côte chinoise, nommée *Corea insula.* L'une des premières représentations de la Corée comme péninsule date de 1597 et elle est l'œuvre du Toscan Fausto Rughesi. Sa carte embrasse le monde depuis le Proche-Orient méditerranéen jusqu'au Japon. La Corée y est bien une sorte d'appendice relié à la Chine mais, contrairement aux autres territoires où figurent des noms de villes et de régions, et des dessins de reliefs montagneux, de cours d'eau et de lacs, elle est le seul pays de la carte à rester vierge, blanc, *terra incognita.* Pendant les décennies suivantes, les cartographes hésitent entre l'île et la péninsule, avant que le point de vue de

Rughesi ne s'impose définitivement en 1655. Mais au moment même où les Européens se font une idée plus juste de ce monde lointain, les Coréens interdisent tout contact avec les étrangers et s'isolent du monde pour se protéger des invasions. La Corée s'enferme dans sa coquille, elle devient une sorte d'île, le *royaume ermite.* Deux siècles plus tard, les Occidentaux, puis les Japonais forcent sa porte, et la Corée perd la maîtrise de son destin, elle redevient une péninsule, terrain de jeu des puissances étrangères, jusqu'à la guerre civile de 1950 et au déchirement radical du pays. La Corée se scinde alors en deux – l'île du Nord, secrète, autarcique, isolée du monde, et l'île du Sud, cernée par la mer Jaune, la mer de l'Est, le détroit qui la sépare du Japon et la frontière hermétique avec le Nord.

Qui aime les moments intermédiaires, la transition de la veille au sommeil, l'aube, le soir, le printemps, l'automne, la rêverie plutôt que la conscience, le questionnement plutôt que la certitude, l'état indécis qui précède une promenade improvisée, les rafales annonciatrices de la tempête, l'élan d'une bête en chasse, le départ d'un feu, ces instants de pur devenir qui soulagent de l'obsession pour les identités figées ; qui a le goût des entre-deux préfère aussi les lieux mitoyens, la lisière à la forêt, les contreforts à la haute montagne, le littoral à la pleine mer – et la frontière au territoire. La frontière est un lieu insaisissable qui donne naissance à deux lieux ; et le passage d'une frontière a tout d'une expérience initiatique quand on réalise qu'elle ne coupe pas radicalement deux mondes, deux peuples, deux langues, deux cultures, comme on le croyait avant de quitter son pays, mais qu'elle sépare en reliant, telle la jointure entre deux os maintenus ensemble par les tendons, les muscles, la chair, la peau. J'ai fait l'expérience de cette différence dans la continuité dès la première frontière que j'ai franchie. Avec mes parents, nous allions en Espagne en traversant les Pyrénées. C'était alors tout un cérémonial, il fallait préparer les *papiers*, arrêter la voiture à la douane, ouvrir le coffre, on se sentait scrutés par des uniformes inconnus, et je ne bougeais pas une oreille car le destin de ma famille allait certainement basculer si je m'avisais de faire le guignol. Mais où était la frontière ? Elle n'existe pas en tant que lieu, et pourtant elle est bien quelque part. Je l'associe au long tunnel d'Aragnouet-Bielsa et à cette lumière intense, *espagnole*, qui surprend après trois kilomètres sous les montagnes. Plus que les panneaux et les publicités écrits dans une autre langue, plus que les maisons et les gens, c'est surtout le paysage en direction de Huesca, aride, semi-désertique, lunaire par endroits, contrastant avec les vallées et les plaines verdoyantes des Pyrénées côté français, qui suscite un profond sentiment de dépaysement. J'ai gardé un vif souvenir d'une autre frontière. C'était peu après la chute du Mur. Je passais une partie de l'été dans une famille d'accueil à Kulmbach, au sud-ouest de l'Allemagne. Nous sommes allés voir l'ancienne frontière de l'Allemagne de l'Est entre la Bavière et la Thuringe. Des forêts, des champs, des routes, des chemins avaient été cisaillés pendant des décennies par des clôtures barbelées, des miradors et des mines. Les Allemands étaient en train d'en effacer les traces pour faire de cette balafre un parcours de randonnée écologique. Si, entre la France et l'Espagne, la frontière disparaissait dans le tunnel sous les Pyrénées, ici elle était nette, flagrante, une béance dans la campagne ; mais, contrairement au contraste que présentait le paysage côté espagnol, on ne percevait aucune différence de part et d'autre des deux Allemagne, seulement la continuité retrouvée du territoire.

Je décide d'aller voir la frontière de mon île. Mais pas à Panmunjom, ce Disneyland de la division des deux Corée, où les gardes se font face comme des statues de cire et où les touristes défilent en frissonnant de plaisir à l'idée qu'un pas de côté pourrait déclencher un tir, et un propos déplacé une guerre mondiale. Je choisis un site peu connu, plus fréquenté par les Coréens que par les étrangers. Le bus prend la route du nord-ouest de Séoul en suivant le fleuve Han. Après l'aéroport de Gimpo, il poursuit sur vingt-cinq kilomètres, jusqu'à la jonction du Han et de son affluent venu du Nord, l'Imjin. Sur la carte, Han et Imjin en viennent à symboliser les deux Corée, et leur point de jonction, puis leur cheminement commun sur une quarantaine de kilomètres en direction de la mer Jaune, le souvenir du pays uni. Cette rencontre entre les deux cours d'eau correspond à la frontière qui traverse la péninsule d'ouest en est, la *DMZ*, ou *Demilitarized Zone*, qui porte bien mal son nom tant cette bande terrestre de quatre kilomètres de large et de près de deux cent cinquante de long concentre de forces armées, postes militaires, bunkers et mines antipersonnel. Depuis que la *DMZ* a été vidée de ses habitants lors de la guerre civile, les deux armées coréennes se font face. Elles se scrutent, décennie après décennie, génération après génération, figées dans l'attente et la gémellité, prenant des poses outrancières de fierté exacerbée et de dédain réciproque. En 1953, la *DMZ* délimitait une zone ravagée, déboisée, déchirée par les bombes et les tranchées, semblable à la campagne de Verdun après la bataille de 1916. Le Nord et le Sud n'ont pas signé de traité de paix, leurs armées sont restées en place, visibles l'une à l'autre, les années ont passé, les fils ont succédé aux pères, les prairies et les marais se sont reformés, les feuillus et les conifères ont repoussé, les animaux s'y sont réfugiés, les uns fuyant les populations affamées du Nord, les autres l'urbanisation et la pollution du Sud. Les deux armées pétrifiées ont été progressivement séparées par une nature luxuriante, imposant au regard des soldats non plus l'ennemi détesté mais la faune et la flore qui n'existent plus chez eux. Certains en ont oublié leur mission guerrière en devenant malgré eux les sentinelles de la vie, à l'image de Do Young, jeune lieutenant sud-coréen qui, à force de scruter la zone la plus dangereuse au monde, a moins vu d'ennemis nord-coréens que d'animaux disparus de son pays : sangliers, cerfs d'eau, ours noirs, panthères, lynx, cygnes, grues, oies sauvages, si bien que, envoyé sur la *DMZ* pour préparer la guerre, il est devenu amoureux de la nature, par un renversement aussi ironique que si, préposé à un autodafé, il avait découvert la littérature. Et il peut être tentant d'imaginer que, parmi ces centaines de milliers de soldats surarmés se faisant face à quelques kilomètres de distance, certains ont été *retournés* par la *DMZ* – au double sens d'un bouleversement provoqué par une intense émotion et d'un changement radical de disposition, comme on le dit de celui qui a été convaincu de se renier. Peut-être que ceux-là en reviennent en ayant paradoxalement renoncé à toute idée de réunification, pour des raisons inavouables, non par crainte de la guerre, mais pour préserver un monde débarrassé des hommes.

Le fleuve Han qui traverse Séoul se jette dans la mer Jaune à l'ouest de la péninsule. Son estuaire est partagé par les deux Corée. Séoul est à moins de deux cents kilomètres de Pyongyang, un saut de puce pour des missiles bien ajustés. Mais la capitale du Sud tourne le dos au Nord, se nourrissant des flux d'énergie qui émanent du mont Bukhan et qui se mêlent favorablement à ceux que le fleuve Han véhicule d'est en ouest. En 1394, l'emplacement de la ville a été soigneusement choisi par le roi Taejo conformément à la tradition du *pungsu*, le feng shui coréen. Comme le corps humain, le territoire est traversé de veines, d'artères et de flux vitaux. Les Coréens conçoivent la chaîne de montagnes qui descend de Chine, borde la côte nord-est de la péninsule puis serpente au centre du pays vers le sud comme la colonne vertébrale d'un être vivant. D'elle, proviennent les rivières et les fleuves, et l'efflorescence de la vie qui les accompagne. La géomancie coréenne est l'art complexe de lire les paysages pour déterminer l'emplacement idéal des villes, des palais, des logements, des tombes. Le *pungsu* capte la dynamique des reliefs, le pouls des montagnes, les défaillances des lignes droites, les faiblesses d'un terrain plat, les bienfaits d'un cours d'eau. Durant la colonisation, les

Japonais auraient planté des pieux de métal dans les montagnes et rivières de Corée, aux points d'équilibre des flux d'énergie. Il s'agissait de briser l'élan vital des Coréens en procédant à une sorte d'acupuncture néfaste – en violant la terre. La division de la Corée a cisaillé au niveau du trente-huitième parallèle le réseau d'énergie qui provient du mont sacré Paektu, aujourd'hui à la frontière de la Chine et de la Corée du Nord. Amputée, déconnectée de ses origines, la Corée du Sud est devenue une île, une plante sans racines, un saurien coupé en deux par autotomie. Elle regarde avec nostalgie la partie de son corps qui, depuis le mont Kumgang jusqu'au mont Paektu, mène sa vie sans elle, mais une vie de réclusion, repliée sur elle-même, où l'énergie tellurique tourne à vide, privée de son épanchement, s'accumulant année après année, décennie après décennie, une énergie colossale destinée à se libérer sauvagement le jour où les flux seront rétablis, et la Corée réunifiée.

Là-haut là-bas. Le mont Kumgang se trouve au sud-est de la Corée du Nord, à vingt kilomètres à peine de la *DMZ*. Comme le mont Fuji pour les Japonais, le mont Kumgang est inscrit profondément dans le cœur des Coréens. Pour ceux qui ont eu la chance de le gravir, la vie a atteint sa totale plénitude, le cycle a été parcouru, la vieillesse qui suit est désormais un chemin paisible vers la mort, comme pour un musulman après le pèlerinage à La Mecque. Le mont Kumgang est un massif de douze mille pics qui s'étend sur une quarantaine de kilomètres. Kumgang signifie Diamant. Dans la pleine lumière du printemps, quand la clarté de l'air a cette propriété de faire ressortir les contours avec une parfaite netteté, la pierre granitique du massif scintille dans toute sa splendeur en faisant parader ses cristaux de feldspath, de quartz et de mica. Tout autour du Kumgang, les étranges formations rocheuses des douze mille pics s'élancent verticalement vers le ciel, tels de gigantesques stalagmites, des lames de sabre, des cierges ou encore des hommes statiques, créant une sorte de paysage spirituel qui causerait une émotion chez le plus coriace des matérialistes. En 1999, la Corée du Nord a autorisé une exploitation touristique du site conjointement avec la Corée du Sud, ce qui a permis à plus d'un million de Sud-Coréens de se rendre au mont légendaire. Depuis 2008, la porte entrouverte s'est refermée, le Nord a interdit les visites et je n'ai pas vu le mont Diamant. Mais j'ai pu admirer l'extraordinaire tableau *Kumgang jeondo*, panorama du mont Kumgang, que le peintre paysagiste Jeong Seon a réalisé en 1734 et qui se trouve au musée de la fondation Samsung. Dans une vue d'ensemble verticale, le tableau montre la foule resserrée des pics biseautés qui hérissent le massif à l'infini. A l'arrière-plan, l'ogive du mont Birobong, point culminant, dont la forme rappelle celle du Pain de Sucre de Rio de Janeiro, trône en haut de la toile comme un grand-père entouré de ses petits-enfants turbulents. Dans le coin gauche, des monts moins élevés et aux formes adoucies sont couverts de pins et tranchent avec le dépouillement cristallin des pics en lames de couteau qui cohabitent avec cette partie plus sombre du tableau. Un Coréen pourra ressentir dans ce contraste toutes les subtilités de la dynamique du yin et du yang. Pour ma part, je me suis senti soulagé. J'ai vécu dans les contreforts des Pyrénées et je n'aimais pas la façon dont nous aimons la montagne. Nous la mesurons à hauteur d'homme. Il faut *dompter* la montagne, *conquérir* les cimes, *vaincre* un sommet, dans un corps à corps sublime où l'individu jouit de la délicieuse horreur et de la joie terrifiante d'avoir dépassé ses limites. Le peintre Jeong Seon m'a débarrassé de cette prétention. Il faut mesurer l'homme à hauteur de la montagne. C'est elle le centre, le repère, la source, la mère d'où dérivent les cours d'eau, les arbres, les animaux, les hommes. La vie descend d'elle, et celui qui la gravit retourne vers son origine, il ne cherche pas la maîtrise, il se laisse aller. Les douze mille pics jaillissent de la terre comme des asperges, ils poussent selon une courbe gracieuse ou droit vers le ciel, ils dégagent une puissante énergie tellurique. Si seulement j'étais taoïste, je saurais exprimer ce que je ressens. Je peux seulement affirmer avec une certitude inébranlable que le *Kumgang jeondo* de Jeong Seon allège définitivement l'esprit de la pesanteur occidentale et de son obsession pour l'idéal, qu'il s'agisse du dépassement de soi, de la recherche de la vérité ou de l'influence des religions. Là-haut là-bas, les contraires ne sont plus des contradictions, l'homme trouve en lui la montagne, comme la montagne accouche de l'homme.

Le bus s'engage sur une route secondaire qui traverse des rizières et des plantations de choux. Les serres en plastique et les baraques en tôle bleue contrastent avec les immeubles de vingt-cinq étages qu'on aperçoit au loin, tous identiques, percés des mêmes fenêtres, avec pour chaque appartement une parabole et un caisson de climatisation accrochés au balcon. Sur leur flanc gauche s'exhibent en lettres et chiffres gigantesques le nom du gestionnaire et le numéro d'identification, *Hyundai 101*, *Hyundai 102*, *Hyundai 103*, *Samsung 210*, *Samsung 211*, etc., comme sur une épaulette le matricule de sentinelles au garde-à-vous. Ces grands individus uniformes figés dans une pose commune, le corps et le regard orientés dans la même direction, saturent l'horizon par leur répétition qui annule tout élément de surprise dans le paysage. L'illusion de surplace est accentuée par ce vertige de la ressemblance qui m'a envahi la première fois que je me suis trouvé au milieu des foules du quartier de Dongdaemun. Je ne percevais aucune singularité parmi les milliers de visages qui défilaient en flux continu, et je me suis arrêté, incapable de faire un pas de plus, avec l'impression très nette d'être un rocher au milieu d'un torrent de montagne. J'avais l'illusion de mouvement alors que j'étais immobile ; à présent, il me semble que le bus n'avance pas. Les façades des immeubles sont aussi opaques et impassibles que les visages des Coréens qui dissimulent la personnalité de ceux qui se cachent derrière. Les Français se mettent en avant en public, ils montrent ce qu'ils sont, si bien que leur visage devient le livre ouvert de leur intériorité. Nous prenons les traits de notre caractère. Le râleur, le jovial, le dépressif, l'hésitant, le rêveur, tous montrent de façon trop évidente une part de ce qu'ils sont, dans un regard, une grimace, un sourire, un pli, qui se figent avec l'habitude d'exposer sa différence. Un jour que je prenais un verre avec monsieur Kim, le cinéaste amateur de vin, il m'a dit avec ce mélange de franchise et d'amusement qui ne se manifeste qu'en privé : *Ton visage est laid !* Je ne suis certainement pas

un premier prix de beauté, mais une telle remarque m'a fait sursauter ; et, sommé de s'expliquer sur la raison de cette aversion, il a ajouté : *Parce qu'il bouge tout le temps.* Si les Coréens mettent leur personnalité en arrière et présentent en public un visage qui bouge peu, c'est d'abord dans un souci esthétique. Il est laid de montrer directement ce qu'on pense et ce qu'on ressent, voilà qui déforme affreusement les traits du visage, surtout lorsqu'on est agacé ou mécontent. Mais c'est aussi un manque de respect que de se singulariser en affichant avec trop d'évidence son intériorité. Il y a un risque de cacophonie sociale, un poison pour les peuples qui ont fait de l'harmonie une valeur fondamentale. Il faut une grande proximité, ou beaucoup d'alcool, pour débusquer l'intériorité des Coréens, tant c'est une impolitesse que d'être trop soi face aux autres. Mais qu'on ne s'y trompe pas, l'originalité affichée peut n'être que le déguisement d'une personnalité banale, tout comme un visage neutre, la pudeur d'un être exceptionnel.

Le bus s'arrête au pied d'une colline dénudée. Seules quelques échoppes bordent la route sinueuse qui monte jusqu'au sommet. Autour de moi, les Coréens se rassemblent bruyamment près de leur chef de groupe. La plupart sont assez âgés, je remarque seulement trois jeunes couples, je suis le seul à ne pas être accompagné. Tous sont équipés comme pour une excursion en haute montagne, avec chaussures de randonnée et guêtres en nylon, polaires coupe-vent bariolées, casquettes à visière solaire, bâtons de marche en alu-carbone avec pointe en tungstène, sacs à dos pourvus de bretelles anatomiques. Certains ont pensé à prendre des cordes, deux hommes ont un piolet accroché à la ceinture. Avec mes habits ordinaires, mes chaussures de ville et une bouteille d'eau à la main, je me sens aussi ridicule que l'invité d'une soirée que nul n'a prévenu qu'elle serait déguisée – et complètement découragé à l'idée que cette modeste colline dissimule peut-être de redoutables à-pics. Mais, vingt minutes plus tard, je suis au sommet, après une ascension à peine plus difficile que celle de la butte Montmartre. Pas de flancs montagneux derrière la colline, mais une descente en pente douce vers des collines secondaires, puis un pré en friche qui s'étale au loin sur plusieurs centaines de mètres jusqu'aux berges du fleuve Imjin, et, de l'autre côté, à deux kilomètres à vol d'oiseau mais à des années-lumière de notre monde, le but étrange de notre excursion touristique, la Corée du Nord. En arrivant sur le promontoire, les Coréens s'alignent le long de la rampe d'observation et scrutent l'autre rive de l'Imjin. Ils se taisent pour mieux regarder, leurs mains s'accrochent à la rampe comme au bastingage d'un navire, leur soudaine immobilité contraste fortement avec l'ambiance de sortie scolaire qui accompagnait l'ascension. Ils observent avidement cette terre emportée par les courants de l'histoire, ils entrouvrent la bouche et ne disent rien, ils hument le vent du Nord, ils tremblent de désir et d'effroi. Pendant un moment d'une durée indéfinie, je reste à l'écart, je me sens de trop, tel un inconnu au milieu d'une famille recueillie devant la dépouille d'un proche, aussi décalé que lorsque j'observais les pèlerins prier à genoux face à la grotte de Lourdes avec une ferveur qui me restera à jamais étrangère. Les chuchotements et les cliquetis des appareils photo prolongent et accentuent le silence, et je regarde ceux qui regardent, sans oser m'approcher du promontoire. *Que voient-ils ?* Je glisse une pièce de cinq cents wons dans les jumelles panoramiques. Plaine rase, champs labourés, chemins de terre, quelques bosquets, collines au loin émergeant d'une brume épaisse qui serait insignifiante partout ailleurs mais que je trouve inquiétante parce que je l'associe à l'idée que je me fais de la Corée du Nord, à une volonté de dissimuler ou aux fumées de possibles exercices militaires. Malgré moi, je cherche ce que j'imagine, des symptômes de ce pays fermé, des horreurs que je pourrai, avec des airs d'aventurier et des poses de témoin, me glorifier de raconter en faisant frissonner mes amis. J'insère pièce sur pièce dans la machine mais je ne vois rien de remarquable dans l'immobilité de la plaine que j'observe mètre après mètre. Enfin, j'aperçois de vagues figures qui se meuvent lentement au bord d'un champ. C'est un paysan derrière sa charrue et une paire de bœufs. L'homme est concentré sur sa tâche sans se douter qu'un autre monde l'observe. Au milieu du terrain fraîchement labouré se dresse un immeuble incongru en béton brut. Rien ne mène à lui, rien ne part de lui, ni route ni chemin. Il impose une présence massive et absurde qui renforce la solitude de l'homme. Je ressens un profond malaise à l'idée que, s'il pouvait me voir en train de le fixer depuis le haut de la colline, lui aussi me trouverait dérisoire, et même ridicule. Je n'ai plus de pièces de cinq cents wons. L'homme, ses bœufs et le champ se perdent dans les brumes, le paysage devient flou et, d'un clic, les jumelles panoramiques s'éteignent.

J'ai jeté un coup d'œil dans mon propre passé. J'avais huit ans, et c'est à moi que revenait la tâche d'aller chercher des œufs à la ferme d'à côté. Je n'aimais pas y aller à cause du chien à l'œil mauvais qui se jetait sur mon vélo en essayant de mordre la roue arrière. Ses aboiements rauques avertissaient les paysannes de mon arrivée. Je tournais en rond dans la cour intérieure, n'osant pas mettre pied à terre tant que le fauve n'avait pas été rappelé. Enfin, un cri – un hurlement – que je n'ai jamais clairement identifié sortait par la porte entrouverte, et l'animal, saisi d'une frayeur plus grande que la mienne, rebroussait chemin. La ferme était tenue par une fratrie, deux sœurs vieillissantes et leur frère cadet, mutique, toujours affairé dans l'étable ou les champs. La main potelée de la plus impotente des deux sœurs me faisait signe d'entrer dans la cuisine. Dans une obscurité de caverne, elle marquait une pause à chaque pas, vacillait, s'agrippait à un meuble, reprenait son souffle, faisait un autre pas, traînant son corps lourd comme une meule de foin. Je devais m'asseoir sur une chaise en formica qui boitait entre deux bris de carrelage et s'enfonçait dans la terre battue visible par endroits. Au-dessus de la table pendaient deux papiers tue-mouches où les insectes piégés achevaient de crever de faim et d'épuisement. Pendant que la vieille me versait un jus de fruits dans un verre dépoli par l'usage, sa sœur plus alerte allait au poulailler remplir la boîte à œufs. Pourtant, je me sentais bien. Ma visite était une petite fête pour les paysannes esseulées. Il y avait de la douceur derrière la rocaille de leur accent. J'aimais jusqu'à l'odeur tenace de rance, de pomme blette et de volaille plumée. C'était l'odeur d'un temps ancien, d'une époque lointaine forgée au cours des siècles paysans, l'exhalaison du travail de la terre et de l'élevage des bêtes, le dernier souffle du monde néolithique apparu il y avait plus de sept mille ans. Je n'en revenais pas de franchir ainsi autant d'époques à moins de deux kilomètres de la maison. Je rentrais en pédalant avec autant de précaution que si je rapportais des œufs de dinosaure. Mes visites à la ferme m'ont habitué à considérer les lieux et les hommes comme une cohabitation d'époques et de mondes innombrables. Sans le savoir, les paysannes m'ont ouvert les yeux à la manière d'une grande lecture. Je tiens de là une curiosité insatiable pour la diversité. Je comprends mieux le *temps d'arrêt* qui m'a saisi en observant le laboureur avec ses bœufs. Il m'a expulsé de la Corée du Sud, de l'obsession des gens de Séoul de dissimuler leur singularité et d'apparaître d'une même époque et d'un même monde. Mais ces hommes alignés sur le promontoire face à la Corée du Nord, que voient-ils ? Peut-être leur passé, leurs racines, un prolongement de leur territoire, un espace intime et inconnu où vit encore une partie de leur famille, une image d'eux-mêmes dans ce qu'ils ne sont plus – une différence radicale et une identité totale.

La Corée du Nord a connu une épouvantable famine dans les années 1990. La crise a également touché l'appareil de propagande du pays. Jusque-là, le régime privilégiait le roman pour vanter les mérites du *Cher Leader*. Mais la pénurie a affecté l'approvisionnement en papier et il a été décidé que désormais la poésie serait plus appropriée pour édifier le peuple. Jang Jin-sung voit alors son destin basculer. Jeune poète, il a le malheur de plaire aux autorités. Dans le récit de ses aventures, il raconte qu'une nuit il a été réveillé par un coup de fil du premier secrétaire du Parti, lui ordonnant de se préparer pour une convocation extraordinaire le lendemain matin, ce qui peut signifier une rencontre au plus haut niveau, un exil en camp pénitentiaire ou tout simplement une exécution. A sa grande surprise, les soldats le mènent devant Kim Jong-il. Il est choisi pour rejoindre une équipe de six poètes chargés de louer le dirigeant. Il s'applique, il a du talent, il appartient désormais à l'élite du régime. On lui confie une mission secrète, il doit écrire des poèmes dans le style et la manière des écrivains du Sud pour donner l'illusion au peuple du Nord que Kim Jong-il est admiré par leur voisin. *Habitez à Séoul bien que vous soyez à Pyongyang*, est-il écrit sur le mur du bureau 101 de la division 19 (Poésie) de la section 5 (Littérature) du Département du Front Uni. Les recueils de poèmes sont imprimés avec toute l'apparence de livres sud-coréens, en respectant leur typographie, la qualité et le grain du papier, la couverture. L'usage des mots obéit à des règles strictes. L'expression de l'amour est réservée à la personne de Kim Jong-il. Il est interdit d'appeler sa propre épouse ou son mari autrement que *camarade.* On ne peut se soucier du bien-être que du *Cher Leader.* Et l'habitude devenant comme une seconde nature, les Nord-Coréens finissent par ne ressentir d'émotion intime que pour Kim Il-sung et Kim Jong-il. Jang Jin-sung a activement participé à ce processus de servitude volontaire, jusqu'au jour où il a découvert dans la bibliothèque de son père un recueil des œuvres de Lord Byron. Les livres étrangers sont traduits et diffusés en nombre restreint. Ils sont numérotés de un à cent, l'ouvrage marqué du *un* étant réservé au dirigeant. C'est une révélation pour Jang Jin-sung. Soudain, les mots exprimant des émotions pouvaient s'appliquer à n'importe qui. *J'avais l'étrange sensation d'apprendre à parler ma propre langue avec un professeur étranger.* Jang Jin-sung se met à écrire des poèmes personnels et compose un recueil qu'il emportera avec lui lors de sa fuite de Corée du Nord en 2003. – Qui se lamente devant une page blanche au lieu de ressentir la joie précieuse de pouvoir écrire un mot plutôt qu'un autre devrait se rappeler cette histoire.

Le concert de Pyongyang. Le 13 août 2007, l'Orchestre philharmonique de New York fait une annonce extraordinaire. Il vient de recevoir un fax en provenance du ministère de la Culture de la République populaire démocratique de Corée. C'est une lettre d'invitation pour se produire à Pyongyang. Le fax est authentifié par le département d'Etat et, après des hésitations et d'intenses débats, les responsables du Philharmonique décident de répondre favorablement à l'invitation des Nord-Coréens. Le 26 février 2008, l'orchestre américain conduit par Lorin Maazel est au Grand Théâtre de Pyongyang-Est pour un concert exceptionnel devant un public d'officiels, en grande majorité des hommes, vêtus du même costume noir, ayant la même coupe de cheveux et le même regard impassible. Çà et là, l'habit traditionnel porté par les femmes, le *hanbok*, parsème de couleur vive cette assemblée austère. Le programme officiel annonce les hymnes nationaux des deux pays, le prélude de l'acte III de *Lohengrin* de Wagner, la symphonie n° 9 *Du Nouveau Monde* de Dvorak et *Un Américain à Paris* de Gershwin. Quand il présente cette dernière pièce, Lorin Maazel n'hésite pas à annoncer malicieusement : *Un jour peut-être, un compositeur écrira une œuvre intitulée* Des Américains à Pyongyang. A la fin du concert, les Nord-Coréens applaudissent poliment et, même si leur visage s'efforce de rester de marbre, certains s'autorisent un léger sourire, ce qui est le signe le plus ostentatoire d'une immense jubilation intérieure. Mais les Américains ont prévu trois rappels qui vont littéralement liquéfier la glace nord-coréenne. Ils attaquent avec la *Farandole* de *L'Arlésienne* de Bizet, un air qui donne envie de danser comme un cheval fou. Puis l'orchestre enchaîne avec l'ouverture de *Candide* de Leonard Bernstein. Lorin Maazel explique au public que Bernstein fut aussi le directeur du Philharmonique de New York et, dans un geste inédit d'une grande puissance symbolique, il s'écarte lentement du pupitre et demande aux Nord-Coréens d'imaginer que Leonard Bernstein est de retour d'entre les morts et qu'il s'installe face à l'orchestre pour diriger une dernière fois l'ouverture de son *Candide.* Lorin Maazel recule encore en invoquant à trois reprises *Maestro !* et s'efface en coulisse. Après l'Arlésienne – celle dont tout le monde parle mais qui n'apparaît jamais –, c'est un chef invisible qui dirige l'orchestre. Jamais une telle intensité n'avait été atteinte pour exprimer la présence dans l'absence. Ce pupitre vide, n'est-ce pas aussi l'idée qu'un chef n'est pas indispensable à un peuple pour exister ? Les Nord-Coréens sont conquis, ils applaudissent chaleureusement, ils sont nombreux à sourire franchement et à échanger avec leurs voisins, certains se lèvent même. Ils croient alors le concert fini, mais Lorin Maazel s'installe de nouveau au pupitre. Le chœur des violons appuyé discrètement par quelques notes de harpe entame une lente introduction de trente secondes, à la manière d'une musique de cinéma illustrant un vaste panorama. Un rideau imaginaire s'ouvre sur un paysage qui devient immédiatement familier aux Nord-Coréens lorsque, après un bref silence, une flûte piccolo retentit dans le Grand Théâtre de Pyongyang-Est pour jouer les premières notes d'*Arirang*, l'air le plus connu des Coréens, du Nord comme du Sud. Son timbre aigu alterne entre la voix plaintive d'un enfant égaré et le chant d'une jeune fille esseulée. Le motif est repris par la harpe et le chœur des violons, il s'amplifie jusqu'à envelopper chaque personne présente, jusqu'à faire oublier les murs de la salle, anéantir les frontières, les limites, les divisions, tant cet air est enraciné dans l'histoire et le peuple de la Corée unifiée. Les flûtes et les clarinettes démultiplient les voix imaginaires en une chorale soutenue discrètement par l'ensemble du Philharmonique. Les Nord-Coréens sont embarqués, ils grimacent pour ne pas pleurer, ils fredonnent les paroles. Le solo de flûte piccolo les ramène délicatement à terre et ralentit presque jusqu'au silence. Soudain, les trente violons les soulèvent à nouveau en un vaste mouvement plus lent, plus grave, plus inquiet. Il y a un drame dans cette histoire, il y avait bien de l'égarement chez cet enfant, de la solitude chez cette jeune fille. Angoisse et mélancolie explosent en énergie déchaînée dans les coups de cymbale et le roulement des percussions. Puis la mélodie devient plus sereine, reprise par l'orchestre en une longue séquence d'invitation au voyage à travers l'espace et le temps. Enfin, les violons s'effacent derrière les flûtes qui s'éteignent en douceur – et le rideau se referme. Mais la frontière entre les Américains et les Nord-Coréens reste ouverte de longues minutes, quand ces derniers se mettent à applaudir debout frénétiquement et à faire de grands signes aux musiciens, cherchant à prolonger indéfiniment la jubilation qui s'affiche désormais sur leurs visages radieux. Deux jours plus tard, l'Orchestre philharmonique de New York était à Séoul. Le concert a commencé avec *Arirang*.

Kaja ! Kaja ! On y va ! Les chefs de groupe donnent déjà le signal du départ. Les Coréens rangent méticuleusement leurs appareils photo, reprennent leurs sacs à dos et se mettent à dévaler bruyamment la colline. Ils plaisantent et s'interpellent avec une bonne humeur qui pourrait surprendre après ce curieux pèlerinage. Arrivés en bas, ils sortent du bus des caisses de soju, alcool de riz deux fois plus fort que le vin, des boîtes de *kimbap*, et des pastèques que les femmes découpent avec une étonnante rapidité. En un instant, je me retrouve avec un verre de soju dans une main et un quartier de pastèque dans l'autre. *Combai ! A la vôtre !* Et tout le monde vide son verre. Le mien se remplit aussitôt. Une grand-mère me regarde du coin de l'œil, elle me demande si je suis américain. *Peulangseu-salam ? Français ?* Elle n'en revient pas. Elle se tourne vers une amie en demandant : *France Brésil ? La France qui est à côté du Brésil ?* comme si elle associait spontanément les deux pays. Peut-être s'agit-il d'un vague souvenir de la Coupe du monde 1998 et de la finale France-Brésil dont l'annonce répétée sans fin a pu ancrer dans son esprit l'idée que France et Brésil désignaient deux pays frontaliers ou même une seule entité, la nation francebrésilienne. Puis, avec un large sourire, elle s'approche de moi et, émoustillée par son audace, me touche le bout du nez d'un air admiratif. Une telle légèreté m'impressionne. Je ne peux m'empêcher de penser que cette vieille Coréenne a connu la guerre civile, la partition du pays, la disparition de ses proches et peut-être la déchirure de la séparation, avec une partie de sa famille et de ses amis restés au Nord ; et pourtant nulle tristesse affichée, mais une ambiance bon enfant et joueuse, comme si nous revenions d'une banale promenade du dimanche. La bienséance ne permet pas d'exprimer en public les tristesses individuelles, si bien que, racontant sa journée, un Coréen dira avec une humeur égale : *Aujourd'hui, je suis allé voir la Corée du Nord et j'ai mangé de la pastèque,* tout comme il dirait : *Je suis allé au supermarché et j'ai acheté des nouilles.* Les bouteilles se vident, les yeux pétillent, les voix s'élèvent, les démarches deviennent moins assurées, tandis que les regards se libèrent des convenances sociales. Je sens des yeux qui se posent sur moi, d'abord à la dérobée, puis qui s'attardent de plus en plus, libérés de toute crainte et bienveillants. A côté du bus, au milieu des sacs et des cartons, nous sommes des acteurs en coulisse, découvrant l'être commun qui se dissimule derrière le maquillage de notre personnage. Je suis certain qu'à cet instant où les différences de culture, de langue, d'âge disparaissent d'un coup, ils ne me voient pas plus français que je ne les vois coréens – il n'y a plus de frontière entre nous.

A chacun ses barrières de la peur. Une vie ordinaire est une succession – qu'au début on croit sans fin mais qui s'espace puis s'épuise avec le temps – de barrières de la peur, de quêtes, de craintes autant que d'espoirs ; et, une fois la limite atteinte, de retours chez soi, avec en bouche une étrange amertume et, pour les plus inconscients, la ferme intention de repartir un jour plus loin. C'est l'enfant de quatre ans qui ose se glisser sous son lit, dans les ombres, là où sont tapis les loups et les monstres, et se retrouve le nez dans la poussière. Quand il s'éloigne dans les rayons du supermarché, il savoure le plaisir d'aller seul et frissonne de se perdre, et revient honteux dans les jupes de sa mère. Le jour où il apprend à faire du vélo, il s'éloigne encore plus, laissant derrière lui ses parents inquiets qui le cherchent sur le chemin de terre d'une promenade en forêt. A dix ans, il fait le trajet seul pour acheter du pain, il va lui-même chez le coiffeur ou à la bibliothèque, et ces virées hors de chez lui servent de prétexte à des détours de plus en plus audacieux, à un âge où la modeste cité de quinze mille habitants lui apparaît comme un monde sans fin. Chaque fois, c'est une peur surmontée, la conquête d'un nouveau territoire, un affolement de l'imagination quand il s'aventure toujours ailleurs en franchissant ce qu'il croit être un interdit – et chaque fois un étonnement déçu devant la banalité de la découverte. *Ce n'était donc que cela ?* Adolescent, il parcourt des dizaines de kilomètres dans la campagne, il franchit des montagnes, il prend le train, visite des villes deux fois, dix fois plus grandes que la sienne. Il repousse toujours plus loin les limites, en lui se dessine sa propre carte mentale du monde connu, une carte qui a pour centre la maison de son enfance et qui s'étire vers l'extérieur, d'abord sous forme de vaguelettes, puis d'ondes de plus en plus amples. Il y a en lui une corde invisible qui le relie aux limites de son propre monde, qu'il lance constamment ailleurs, sans savoir où exactement, sans vraiment le choisir, ballotté entre le plaisir de se livrer au hasard et la crainte de l'inconnu où ce hasard mène. S'il ramène de la banalité dans ses filets, la tension vers les limites, l'excitation de remplir par l'imagination un territoire qu'il croit nouveau, inédit, toujours à tort, déjà mille fois exploré, le plaisir de l'effort pour s'acquitter d'une tâche qu'il s'impose lui-même et qui, aussi illusoire soit-elle, apporte un bref instant le sentiment accru d'exister – cette tension, cette excitation, ce plaisir compensent toutes les peines qui les accompagnent et toutes les déceptions qui les suivent.

Le navigateur portugais Gil Eanes fut le premier Européen à franchir le cap Bojador en 1434. Situé à l'ouest du Sahara, ce cap atlantique représentait la limite du monde connu au sud de l'Espagne. Comme la nature, l'imagination a horreur du vide ; et les hommes du XVe siècle peuplaient les terres inconnues de créatures bizarres et menaçantes, tout comme les hommes d'aujourd'hui, obligés de projeter leurs délires dans l'espace à force d'avoir dépouillé la planète de ses mystères, mettent en scène au cinéma les extraterrestres des mondes lointains. Peut-être réalisera-t-on un jour combien est vaine cette quête de la limite, vain ce désir d'ailleurs, que le monde intérieur contient bien plus de territoires vierges que l'univers entier. Au-delà du cap Bojador, des courants furieux empêchaient tout retour et précipitaient les malheureux dans les griffes et les gueules de monstres marins aussi atroces que voraces, baleines à tête de chien, crocodiles-sangliers, hippocampes démesurés, pieuvres géantes, serpents de mer. Et si l'on avait échappé aux créatures, on finissait par bouillir dans une mer qu'on croyait toujours plus chaude en descendant le long de la côte africaine. Nul ne sait comment Gil Eanes et ses marins ont surmonté leur terreur au moment de franchir le cap fatidique, nul ne sait si certains ont prié ou hurlé, si d'autres se sont révoltés contre la mort certaine vers laquelle ils se dirigeaient. Mais leur surprise a dû être à la hauteur de leur frayeur, en constatant qu'une fois le cap franchi, il ne se passait *rien.* Alors qu'ils s'attendaient à être broyés, dévorés ou bouillis aux portes de l'enfer, ils ont poursuivi leur route, continuant comme d'habitude à astiquer le pont et réparer les voiles. Peut-être même ont-ils dépassé la limite du monde sans le remarquer, avant de se fixer une nouvelle limite et de rebrousser chemin ; mais une limite appauvrie désormais, dépeuplée des monstres, assainie en quelque sorte, un trait sur une carte, une frontière entre le plein et le vide, un vide réduit à un simple blanc. Si je pense souvent à l'aventure décevante de Gil Eanes, c'est pour ce moment qui précède le franchissement du cap Bojador. Je l'imagine intense, un peu fou, entraînant chacun des marins dans un kaléidoscope de visions effrayantes. A quoi obéissaient-ils pour poursuivre la progression vers le sud sans se mutiner ? A la résignation pour leur sort, à l'autorité de leur capitaine ou à la fascination pour l'inconnu ? Et, quand leurs craintes et leurs délires se sont dégonflés devant la banalité de l'aventure, ont-ils été soulagés ou déçus, ou même inquiets de ce qu'ils pourraient raconter à leur retour ? Ils ne pouvaient pas avouer qu'il n'y avait eu ni monstre ni combat héroïque, qu'ils avaient pêché des sardines puis fait demi-tour. Je suppose qu'ils ont menti, qu'ils ont inventé des histoires – mais dont, à présent, ils étaient les auteurs – peuplées de créatures et de luttes extraordinaires, suscitant de nouvelles frayeurs chez ceux qui les écoutaient et, chez quelques-unes, rares et courageux, plus curieux que les autres, plus sensibles aux plaisirs étranges de l'imagination ou ayant déjà exploré leurs propres barrières de la peur, le désir de partir vers le lointain se frotter aux limites du monde connu.

Kaja ! Kaja ! Kaja ! Le chauffeur démarre le bus et tout le monde s'empresse de monter, non sans une caisse de soju pour le trajet. Complètement ivres, les passagers se mettent à chanter, le micro circulant de main en main, les amours disparues, les paysages d'automne et la vie d'avant. Libérée par l'alcool, l'émotion remonte enfin à la surface comme une eau trop longtemps contenue. Les femmes chantent et pleurent en même temps ; les hommes tentent de résister en se tenant par l'épaule jusqu'à ce que l'un d'eux émette un long sanglot sonore. Trop longtemps refoulées, les tristesses individuelles peuvent alors s'épancher dans un élan de tristesse collective. Puis la voix claire et puissante d'une femme retentit sur les premières paroles d'*Arirang*. Elle est immédiatement accompagnée par tous les passagers. La chanson parle de voyage, d'abandon, de nostalgie du mont Paektu, en suivant un rythme lent, répétitif, obsédant. Les hommes se balancent doucement, les mains des femmes semblent caresser l'air. Pendant quelques minutes, tout le monde se laisse aller à la transe tranquille de ce chant qui en même temps apaise et tourmente. Le tapage reprend ensuite de plus belle et, plongée dans la pénombre de la fin de journée et envahie de vapeurs de soju, lourdes et tenaces tel un encens médicamenteux, l'habitacle du bus se met à résonner de chants hétéroclites que les voix cassées par l'alcool déchirent en cris. On croit assister à une cérémonie païenne et cathartique, à laquelle on me convie par une tape dans le dos, en me tendant des bouteilles, des morceaux de pastèque, le micro. Pris au dépourvu, j'entonne maladroitement *Toulouse* de Nougaro, *Qu'il est loin mon pays, qu'il est loin…* Et ces vieux Coréens, dont la plupart ont connu jeunes gens la guerre civile et la séparation, m'écoutent en fermant à demi leurs beaux yeux bridés en signe de communion. A la fin de ma chanson, cinq verres de soju se tendent spontanément vers moi. Quand le bus arrive à la gare routière de Séoul, les Coréens sèchent leurs larmes, rangent prestement le micro, ramassent les bouteilles vides et les peaux de pastèque, et, avec une humeur joyeuse soudainement retrouvée, se séparent en petits groupes.

DESCENTE AU SUD

L'île Quelquepart était l'une de ses résidences préférées.

VLADIMIR NABOKOV

L'humidité augmente fin juin. Il se trame quelque chose dans l'air. Puis, un jour de juillet, alors que je somnole plaqué sur le lino de mon studio, mon corps appréciant pleinement la dureté de ma couche comme si, dans ces légères douleurs provoquées par le contact précis entre les os et le sol, il jouissait des preuves d'être en vie, je suis surpris par un bruit épouvantable, pareil à l'effondrement d'un échafaudage. J'ouvre la fenêtre coulissante et je prends une gifle de pluie. La mousson vient de commencer. Les gouttes denses et lourdes martèlent les toits et le goudron en faisant un tel vacarme qu'aucun autre son ne parvient de la ville. La masse d'eau qui s'écrase par terre produit des souffles d'air chaud qui remontent au visage de ceux qui s'aventurent dans les rues inondées. Je pars sandales aux pieds pour de longues virées mi-terrestres mi-aquatiques en suivant les torrents qui dévalent les pentes de Malli-dong. La mousson isole merveilleusement. C'est la revanche de la nature sur le béton. Toute plainte est inutile, toute révolte vaine, il n'y a qu'à laisser faire. Le soleil revient tous les deux ou trois jours et, comme si chaque goutte de pluie s'était évaporée en se transformant en insecte, des nuées de libellules envahissent le ciel. L'arrivée soudaine de ce peuple au vol erratique et silencieux soulage de la présence oppressante des buildings. Les libellules reposent des cigales perchées dans les arbres de la mégapole, qui vrombissent comme des mobylettes. Reflet aérien des foules de Séoul, elles accompagnent le plein soleil de l'été après le déluge de juillet, elles redonnent goût au hasard, réveillent l'esprit de sa torpeur, raniment ce qui au plus profond de soi prolifère. Elles quittent Séoul, je les suis.

Nous avons trop l'habitude de percevoir le monde comme un planisphère. Le nord magnétique a été une bénédiction pour les Européens qui ont découvert à l'époque des explorations que leur hémisphère faisait écho à la haute idée qu'ils avaient d'eux-mêmes. Si la boussole des grands navigateurs avait indiqué le sud, les cartes seraient aujourd'hui à l'envers, si bien que nous aurions peut-être plus de modestie à nous percevoir comme le peuple d'en bas. Nous lèverions les yeux vers les peuples du sud au lieu de les baisser, l'Europe plongerait dans les bas-fonds de la carte, écrasée par une Afrique pointant majestueusement vers l'immensité antarctique, et les provinciaux ne monteraient plus à Paris mais y descendraient. Lessivé par la mousson, je prends le chemin du sud en suivant une ample courbe du nord-est au sud-ouest du pays, Sokcho, Andong, Kyongju, Pusan, Kwangju et enfin l'île subtropicale de Jeju, le territoire coréen le plus méridional, lointaine sentinelle postée à l'entrée du vaste détroit qui sépare la Corée du Japon. C'est un rituel, *descendre*, aller de haut en bas, possible seulement dans les pays qui ont un Sud, pas au sens d'un sud géographique, pas un simple point cardinal à partir duquel on se repère sur une carte, mais un Sud de l'esprit et du corps, où se forgent des mœurs et un air à part, dans une exposition plus fréquente au soleil, lors de nuits plus chaudes, dans un printemps perpétuel qu'on garde en soi quand on revient au Nord. Il y a un sud magnétique dont les propriétés ne tiennent pas à l'astronomie mais aux dispositions subjectives de chacun qui se polarisent entre la mélancolie et l'allégresse. Pour moi, le vrai Sud, c'est un climat et une lumière dont l'effet bienfaisant ne se ressent qu'à distance de la capitale et des hommes administratifs corsetés par les convenances et obligés par le pouvoir, s'agitant sur un rythme qui ne leur appartient pas. Peu de pays ont leur capitale à l'extrême sud de leur territoire. Il y a pour les dirigeants une force de répulsion venant du bas, tout comme le dégoût de la tête pour les pieds, ainsi qu'un excès de luminosité qui ne convient pas aux humeurs grises qui prolifèrent dans les recoins obscurs des Etats. Rien de plus désolant que les pays qui n'ont pas de Sud.

Il faut près de quatre heures de bus pour se rendre aux monts Seorak à l'est du pays, non loin de la frontière avec la Corée du Nord. Arrivé à Sokcho, ville de bord de mer, on prend un autre bus menant à l'entrée du parc national. On laisse enfin derrière soi béton et goudron pour s'enfoncer dans un massif aux pics hérissés en épines de dragon entre lesquels s'échappe une hémorragie de torrents limpides. Mon chemin suit les lignes brisées d'une rivière encombrée de rochers arrondis dont la taille augmente au fur et à mesure de l'ascension, allant de la pastèque de granit aux blocs sphériques hauts de plusieurs mètres. De part et d'autre, les falaises s'étirent, masquant bientôt les sommets. Et là, à l'instant même où je vais franchir la limite entre la lumière de la plaine et l'ombre des montagnes, alors que je me suis avancé assez loin pour ne plus voir personne ni entendre de voix humaines, mon corps se fige soudain tel un chien face au gibier. Un écho bien connu résonne dans ce lieu que je découvre pour la première fois, où je n'ai laissé aucune trace, où je n'ai aucun souvenir. C'est comme si je ne savais plus où j'étais tout en ayant le sentiment d'avoir toujours été là. Je repars plus lentement, sollicité et appliqué, avec l'impression très nette de suivre les pas invisibles d'une lointaine familiarité qui se rapproche au fur et à mesure que la mémoire superpose au paysage étranger un paysage autrefois connu, jusqu'à les confondre avec une réverbération infinie de miroir reflété dans un autre miroir, si bien que j'en oublie les neuf mille kilomètres et les dizaines d'années qui me séparent de la vision d'origine. J'ai huit ans, je marche dans les gorges du Verdon. Non, j'ai quarante ans, j'arpente le massif des monts Seorak. Non, je suis un enfant en Corée – ou alors un adulte dans le sud de la France, ou encore un Français coréen, ou l'inverse. Et qu'y a-t-il de coréen autour de moi ? Qu'ai-je de français en moi ? Où suis-je, là, partout et nulle part à la fois ? Pendant un moment, je ne sais plus, confus et en même temps soulagé, envoûté moins par l'effet d'une réminiscence que d'une totale correspondance entre deux mondes, qui libère d'un coup de ce visqueux désir d'exotisme que tout voyageur porte en lui comme un animal enragé sa maladie contagieuse.

Puis un brusque retour à la raison secoue mes plumes, le charme se rompt. Je repère malgré moi des petites différences. L'allure particulière du Seorak se dégage peu à peu. Le gris de son granit se distingue des roches calcaires du Verdon, plus claires. Des sommets à forme d'ogives émergent de parterres de chênes et de pins. Le fond sonore bruisse de cris d'oiseaux qu'on ne trouve pas en France, le cincle de Pallas, le merle à dos gris, le pouillot de Temminck, le gobemouche brun, le corbeau à gros bec. La position du massif en Corée, du pays sur le globe terrestre, son orientation par rapport au soleil produisent une lumière singulière, des rayons moins aveuglants, un ciel plus intense dans ses bleus, mais une chaleur et une humidité de l'air plus fortes l'été, donnant aux éléments du paysage leur ton unique comme le fond invisible d'une toile de maître met en relief les couleurs et les contrastes d'une manière qui n'appartient qu'à lui. Un enfant appelle sa mère au loin, *Omma !* Son écho fait taire les oiseaux, les miroirs se disjoignent, la vision du Verdon se détache définitivement du Seorak et reflue vers son origine, le paysage montre de nouveau les choses telles qu'elles sont – et l'identité des mondes n'est plus qu'un souvenir vague.

Le langage des pierres. *C'est bien, mais tu peux faire mieux… Ce coup est inutile, essaie encore… Regarde par ici, il y a un territoire à conquérir… Reste calme, prends ton temps… Là, c'est audacieux de ta part… Prends garde à ce coin, il est vulnérable… Etourdi !… Joli, j'apprécie ce coup…* Chaque pierre blanche que le vieux pose sur le plateau du jeu de go est un message. Je lui réponds en posant une pierre noire. Nous dialoguons ainsi sans parler à l'ombre d'un prunus aussi noueux que ce vieil homme qui m'a invité une heure plus tôt à le rejoindre pour une partie. La ville d'Andong ronronne en cette fin juillet. Le matin, les ancêtres se retrouvent dans le parc avant les grosses chaleurs de l'après-midi. Certains répètent des figures de tai-chi, d'autres se lancent dans une marche vaguement sportive en faisant des cercles avec leurs bras entre deux petits souffles d'effort. Çà et là, des groupes se forment autour d'un banc au milieu duquel se déroule une calme bataille de *janggi* ou de *baduk* – d'échecs ou de go. Le jeu de stratégie, c'est la pétanque des Coréens. Ici, on s'étripe avec espièglerie et on reprend ses mouvements de gymnastique. En cas de tricherie, le fautif risque seulement de recevoir un pion sur la tête. Mais on a trop de respect pour l'adversaire pour être malhonnête. Le public guette, et les coups joués sont commentés avec autant de sérieux que les boules pointées dans un village de Provence. Au go, une partie se joue sur un plateau de dix-neuf cases par dix-neuf. On pose une pierre sur une intersection de deux lignes en la tenant entre le majeur et l'index. Elle doit à la fois être défensive et offensive, elle renforce son territoire tout en menaçant le territoire de l'autre. Comme le plateau est vide au début de la partie, les premières pierres indiquent une intention, un projet, elles construisent de l'influence. L'objectif n'est pas de détruire l'adversaire mais de coexister avec lui sur un territoire plus vaste que le sien. Nous sommes deux hommes arrivant sur une île déserte, dont la personnalité se révèle au fur et à mesure de leur cohabitation. Nous nous partageons d'abord les angles, puis les côtés, et la victoire se décide au centre. *Tu vois, tu progresses…* Le vieux m'encourage sans rien dire. D'un clac sur le plateau de bois, il a posé sa pierre blanche à deux intersections de ma noire, me montrant par là combien ma position augmente mon territoire et empiète sur le sien. Il m'a donné des pierres de handicap, il retient ses coups tout en gardant l'ascendant, il laisse des béances volontairement, teste mon attention, me ramène à lui quand je m'égare. Deux danseurs ou deux pianistes qui ne partagent pas la même langue, dont l'un est le disciple de l'autre, se passent également des mots pour progresser ensemble. Il y a du *jeong* entre nous. C'est un terme indéfinissable cher aux Coréens pour désigner le lien qui nous unit dans une relation chaleureuse et harmonieuse. *Ne joue pas trop vite, le temps n'est pas un ennemi…* J'ai réagi avec impulsion à son dernier coup, perturbé par le comportement étrange de deux grands-mères qui dissertent doctement au-dessus de ma tête en regardant mon nez. Elles énumèrent les différentes hypothèses pouvant expliquer l'origine d'un gros bouton sur ma narine gauche. *Ce n'est qu'une piqûre de moustique*, leur crierais-je si je savais le dire en coréen. Mais je ne sais pas non plus l'exprimer en langage des pierres. Elles appellent une de leurs amies pour trancher leur différend, mais celle-ci semble encore d'un autre avis ; et les discussions reprennent, elles se penchent tour à tour sur mon visage comme si elles observaient un insecte bizarre sur le tronc d'un arbre. En 1888, Charles Varat, explorateur fortuné, se rend en Corée avec l'ambition d'être le premier Européen à traverser la péninsule de Séoul à Pusan. Sur un navire japonais, il croise un prince coréen en grand apparat accompagné de sa suite. Obligés de se passer des mots, ils échangent cigares contre cigarettes, examinent leurs vêtements, leurs montres, leurs lorgnettes, *tout ce qui peut être le sujet d'une mutuelle curiosité*, écrit-il, enchanté de dialoguer ainsi avec des objets. Le lendemain, le prince semble extrêmement inquiet. Il s'avance vivement vers Charles Varat et, espérant un diagnostic de la part de cet étranger forcément savant – sans égard non plus pour les jeunes Anglaises qui se prélassent sur le pont –, il baisse son pantalon pour lui montrer les boutons qu'il a sur les fesses. Cette histoire me revient à l'esprit pour excuser l'indiscrétion des grands-mères. Il n'y a ni jugement ni moquerie de leur part mais un débat animé et pragmatique sur ce qu'elles pourraient faire pour me guérir de ce méchant bouton. Un clac plus retentissant que les autres me rappelle soudain à l'ordre. *Concentre-toi, oublie ces pipelettes…*

Sur les contreforts de la chaîne des monts Taebaek, la colonne vertébrale qui traverse la péninsule coréenne tout le long de la côte est en formant une courbe boudeuse comme si le pays tournait le dos au Japon, se trouve le temple de Bongdeoksa. Il a longtemps abrité un trésor national, la cloche *Emile*, désormais au musée de Kyongju, capitale de l'ancien royaume de Silla. Le gong de ce monument de bronze de dix-neuf tonnes s'entendait à des dizaines de kilomètres. On raconte que la cloche doit la puissance et la pureté de son timbre à un enfant qu'un moine fort inspiré aurait jeté dans le métal en fusion. Depuis, certains croient entendre *emi* dans sa résonance, le terme ancien pour *maman.* Il y a des passages à la postérité moins affreux, mais cette légende convient bien au caractère tourmenté des Coréens. Qu'on y accorde du crédit ou pas, il suffit de savoir cette vieille histoire pour ressentir une émotion particulière face à *Emile*. Elle réveille un trouble en soi sur le lien entre l'esprit et la matière, sur l'origine de sa propre voix et des mots qu'on écrit. Dans les campagnes françaises, il y avait un rituel appelé la *pierre vivante*. Des paysans emmuraient dans les fondations d'une construction un animal vivant, un lézard, un coq ou un chat, de façon à se prémunir contre les représailles de la nature, courroucée par cette intrusion dans son domaine. Certains païens pouvaient même sacrifier un enfant avant d'emménager dans une nouvelle maison. Mais la pierre peut vivre d'une autre façon. Dans le village d'Angles-sur-l'Anglin dans la Vienne, on peut voir une frise de sculptures paléolithiques dans un abri sous roche. Les hommes préhistoriques ont travaillé leurs motifs en s'inspirant des reliefs de la falaise. Ils voyaient émerger des formes de la pierre et n'avaient plus qu'à les souligner en gravant leurs contours. La frise déroule sur plus de vingt mètres des figures animales et humaines, particulièrement trois corps de femmes, buste, sexe, cuisses. Elles surgissent avec évidence comme si elles avaient toujours été là, bien avant d'être révélées par le regard des hommes de la préhistoire. Léonard de Vinci faisait de même quand il voyait des paysages dans les taches d'un mur. Michel Ange n'a pas achevé les sculptures des esclaves qui se trouvent dans la Galleria dell'Accademia de Florence. C'est une chance – ou une intention, car rien ne montre mieux la lutte et l'harmonie entre l'homme et le marbre. Certains entendent le cri d'un enfant dans la cloche *Emile*, d'autres savent extirper une forme d'un magma où elle existe déjà. Les mots qu'on tire de soi ont parfois une autre origine.

Au-delà de la Chine il n'y a plus, du côté de la mer, ni royaume connu ni contrée qui ait été décrite, excepté le territoire d'es-Sila… Le géographe et voyageur arabe Al-Masudi suspend un instant son écriture. Je l'imagine en train de voyager en pensée vers cet au-delà de la Chine. Lui-même a sillonné le monde musulman au Xe siècle, il a visité l'Egypte, la Syrie, la Perse, il serait allé jusqu'en Inde, curieux de tout, compilant les savoirs, recueillant les témoignages, dessinant des cartes. Il sait qu'à l'extrême limite du monde connu, il y a un territoire encore plus à l'est, un lieu délicieux, aussi séduisant pour Al-Masudi que le pays de Cocagne. *Il est rare qu'un étranger qui s'y est rendu d'Irak ou d'un autre pays l'ait quitté ensuite, tant l'air y est sain, l'eau limpide, le sol fertile, et tous les biens abondants.* C'est le royaume coréen de Silla. Pendant les dix premiers siècles de l'ère chrétienne, il s'est développé à partir de la côte est pour s'étendre sur les trois quarts de la péninsule. Sa capitale était Kyongju, ville du sud-est de la Corée, où un soleil implacable me pilonne le crâne et me déconnecte du présent en ranimant le souvenir de ce passage des *Prairies d'or* qu'Al-Masudi a écrit dans la fournaise du désert. De l'Antiquité au Moyen Age, avant la découverte des Amériques, l'imagination des hommes était tournée vers l'est. Les Grecs et les Romains rêvaient de l'Arabie heureuse, le pays de la reine de Saba, où abondent les aromates, l'or et les pierres précieuses. Les Arabes, eux, projetaient leur désir d'ailleurs vers l'Inde, la Chine et, toujours plus à l'est, aux frontières du savoir, là où commencent les récits imaginaires, vers le royaume de Silla, la Corée. A Kyongju, les tombeaux royaux sont de véritables collines couvertes d'herbe tendre, aux formes douces, aussi apaisantes que le ventre d'une grossesse. Les morts d'ici et les rêves des hommes d'ailleurs semblent dormir ensemble sous terre, enlacés dans la même patience de renaître un jour sous une autre forme. Dans un de ces tumuli de plus de douze mètres de haut et quarante-sept de diamètre, on a trouvé sur un morceau de bois la peinture d'un animal mythologique qui ressemble à un cheval blanc à huit pattes ailées. Un examen plus attentif montre qu'il est pourvu de cornes. Il pourrait s'agir d'un *qilin*, animal fabuleux et de bon augure qui s'apparente à la licorne en Occident – la naissance de Confucius aurait été annoncée à sa mère par le rêve d'un *qilin*. Au début du XVe siècle, l'imaginaire des Chinois se tourne vers l'ouest. De 1405 à 1433, l'amiral Zheng He mène sept expéditions navales à bord de navires gigantesques, quatre fois plus imposants que la *Santa Maria* de Christophe Colomb. Les Chinois atteignent ainsi les côtes de l'Afrique de l'Est. Ils s'émerveillent de découvrir la girafe qu'ils prennent pour un *kilin*, une confusion accentuée par le fait que girafe se dit *girin* en somali. Plusieurs girafes parviennent à Pékin, suscitant une admiration et un respect infinis. Ce n'est pas tous les jours qu'on ramène dans ses filets le rêve d'un peuple. Voilà pourquoi peut-être les Chinois ont gravé cette inscription en 1431, qui résonne dans mon crâne tourmenté par le soleil comme la seule morale recevable : *Traiter avec douceur les gens lointains.*

Atteint d'une insolation, je cherche une pharmacie pour calmer le boxeur qui se défoule entre mes tempes. Je demande à une de ces jeunes femmes qui portent une robe de mousseline blanche, un chapeau de paille et une ombrelle. On les croirait sorties d'un tableau de Monet. Les modèles des impressionnistes ont quitté la France, il faut faire douze heures d'avion et neuf mille kilomètres pour trouver leur réincarnation à l'autre bout du monde, aussi gracieux et naturels que leurs ancêtres qui se balançaient sur l'escarpolette ou se promenaient dans les champs de coquelicots. Elle me dirige vers une habitation dissimulée derrière un mur élevé. Rien ne distingue le lieu, il n'y a ni écriteau ni nom à l'entrée. Elle pousse un battant et nous voici dans une cour intérieure où un homme assez âgé, le crâne dégarni, portant l'habit traditionnel de couleur grise, est assis en tailleur sur une dalle en pierre. Les yeux mi-clos, l'apothicaire semble somnoler à l'ombre de l'auvent. Derrière lui, son officine aligne des dizaines de tiroirs en bois et de pots de terre où il entrepose les plantes et racines qu'il utilise pour composer ses remèdes. *Monsieur le pharmacien, bonjour ! Cet étranger a mal à la tête*, dit la Coréenne tout en s'inclinant respectueusement. L'homme ouvre les yeux, reste de marbre quelques secondes, puis son visage s'affaisse comme la surface d'un volcan avant l'éruption, et il hurle : *Salope, traînée, pute ! Renarde à neuf queues ! Hors de chez moi, tapineuse !* Et comme le vieil excité se lève, ma sylphide replie prestement son ombrelle et me pousse dehors. Elle se réfugie sous un porche et allume une cigarette. C'est un réflexe dans cette petite ville de province. Une femme ne doit pas être vue en train de fumer dans la rue. Sa moralité serait sérieusement mise en doute. Se placer sous un abri permet de préserver les apparences, même si à présent il n'y a plus grand-chose à faire pour les sauver. De la jeune femme ou de moi, je ne sais lequel est le plus désolé. Le pharmacien a dû garder un mauvais souvenir des années où l'armée américaine était stationnée en Corée et où la misère poussait certaines femmes à se prostituer. Il n'a pas mis à jour son regard sur le monde depuis les années 1950 et ce qu'il voit aujourd'hui est contaminé par ce qu'il a vu autrefois. Elle fouille dans son sac et me donne un cachet. *Tenez, buvez du thé vert et reposez-vous* – et la promeneuse de Monet s'éclipse en se cachant derrière son ombrelle.

Il venait de pleuvoir sur Pusan. La deuxième ville du pays, un port au coin sud-est de la péninsule, a le malheur de faire face au Japon. Le 24 mai 1592, le général Toyotomi Hideyoshi lance plus de cent cinquante mille hommes sur Pusan lors de la première grande invasion de la Corée. Les Japonais vont prendre la sale habitude de s'essuyer les pieds sur le territoire coréen, pour eux un simple paillasson posé devant la Chine, objet de leur insatiable convoitise. Ecrasés sur terre, les Coréens prennent leur revanche sur mer, grâce à l'amiral Yi Sun-sin qui défait la flotte de Hideyoshi avec le bateau-tortue, le premier cuirassé naval construit deux cent cinquante ans avant ceux des Européens. Le destin tourmenté de la ville se poursuit au XXe siècle avec l'attaque du Nord en 1950 et le repli de l'armée du Sud dans la poche de Pusan, résistant héroïquement dans l'attente du débarquement des forces des Nations unies.

Il venait de pleuvoir sur Pusan, une brève mais forte averse avait balayé les violences de l'histoire et vidé d'un coup la plage Haeundae. Les touristes patientaient sous les auvents des baraques alignées sur la corniche en regardant d'un air résigné le sable trempé qui allait gâcher leurs quelques heures de vacances. Une dizaine de minutes plus tôt, il aurait été impossible de discerner un fragment de plage dans la marqueterie des parasols et des serviettes alignés. J'avais enfin Haeundae pour moi tout seul. Le répit ne durerait pas et j'en profitai pour m'approcher du bord de l'eau jusqu'alors dissimulé par des bancs de baigneurs agrippés à d'énormes et inutiles bouées jaunes. Soudain, le ciel délavé s'ouvrit, laissant passer les rayons obliques du soleil de fin d'après-midi et, tout comme le miroir reflète l'image de celui qui s'y mire, la mer et le ciel se trouvèrent dans une parfaite correspondance, fondus ensemble dans une même couleur, un ton bleu-vert familier aux Coréens et à ceux qui apprécient les céramiques de la dynastie Goryeo d'il y a plus de dix siècles, la couleur céladon. Elle se rapproche du vert-de-gris, lequel n'est pas un dérivé de la couleur grise comme son nom semble l'indiquer, mais désigne le vert de Grèce, un pigment bleu-vert connu dès l'Antiquité, provenant de l'oxydation du cuivre. C'est la patine dont se couvrent les statues exposées à l'air, comme les gisants du Père-Lachaise, les toits en zinc de Paris ou les grilles métalliques de certains jardins publics. Cette couleur de l'altération du métal se retrouve magnifiée dans la teinte des céramiques coréennes. Le céladon est un vert-de-gris pâle tirant vers le pastel, recouvert d'une glaçure uniforme qui lui procure une brillance discrète. Les Coréens ont fait un art de ce qui nous rebute en portant à un degré de raffinement extrême le bleu-vert. Il y a mille ans, ils ont inventé un procédé pour incruster des motifs dans leurs céramiques. L'artisan et le peintre n'ont alors plus fait qu'un dans la célébration d'une couleur appelée *bisaek*, terrestre et céleste, marine et aérienne, évanescente tel un effluve du temps qui passe, ouvrant un entre-deux vertigineux refermé aussitôt sur la forme rassurante d'un vase, un pot, une théière, un encensoir, une couleur de l'équilibre au-dessus des gouffres, comme l'est pour l'humeur et les émotions le violet, entre rouge et bleu, désir et mélancolie, joie et tristesse, ainsi que le gris pour l'esprit, milieu flottant entre noir et blanc, jour et nuit, nuance jumelle de la pensée et de ses contradictions, couleur de l'écrit. Sur la plage de Pusan, pendant un bref instant après la pluie, je *vis céladon.* Cette couleur intermédiaire, limpide et équivoque, s'est ajoutée aux deux autres, le violet et le gris, qui me suivent dans la vie pour déambuler sur la crête des choses.

De Kyongju, l'ancienne capitale du royaume de Silla, aujourd'hui dans la province administrative de Gyeongsang, au cœur du sud-est conservateur de la Corée où le pouvoir vient traditionnellement piocher ses élites politiques, la ville de Kwangju est l'exact opposé. Située dans une plaine du Sud-Ouest protégée par une enceinte de collines et de montagnes, elle peut compter sur l'imposant massif de Jirisan qui la sépare du Sud-Est antagoniste et qui fut longtemps le Vercors des résistants coréens. La douceur du climat et la majesté des paysages ont produit un terroir singulier, favorable à l'agriculture et aux arts. Les hommes d'ici obéissent plus spontanément aux lois de la nature qu'aux injonctions du pouvoir central. Les fonctionnaires confucéens qui venaient collecter l'impôt auprès de ces Basques de Corée devaient faire preuve d'un certain talent pour le maniement du bâton ainsi que, suite logique du précédent, d'une aptitude pour la course à pied. Lors de l'invasion du pays par le Japon en 1592, la région de Kwangju sert de base arrière pour la reconquête, et la fronde contre les injustices devient une spécialité locale aussi emblématique que le *tteokgalbi*, galette de viandes de porc et de bœuf hachées et grillées. Quand les campagnes coréennes s'embrasent en 1862 à partir de Jinju dans la plaine du versant ouest du massif de Jirisan, les paysans de Kwangju marchent sur Séoul pour protester contre la corruption, le poids des taxes et les restrictions d'accès aux montagnes pour ramasser du bois de chauffage. Le 3 novembre 1929, suite à une altercation à bord d'un train entre des Japonais et une jeune fille, Park Ki-ok, ce sont les étudiants de Kwangju qui manifestent dans la rue, lançant la deuxième grande révolte contre l'occupation coloniale, après celle de 1919. Les étudiants se soulèvent à nouveau le 18 mai 1980, cette fois contre le coup d'Etat militaire qui portera Chun Doo-hwan à la présidence du pays. Des milliers d'habitants de la ville se joignent à eux pour exiger une transition démocratique. L'armée est envoyée, c'est un massacre, on compte des centaines de morts. Chaque génération de Coréens a connu son tourment. Les grands-parents sont les enfants de la guerre civile et de la division du pays, les parents sont nés des violences de la fin de la dictature militaire – quel sera le père sanglant de ces jeunes gens absorbés par l'écran de leur téléphone, indifférents aux fantômes de l'histoire qui défilent sur les vitres du bus traversant les rues paisibles de Kwangju en direction de la montagne la plus proche du massif de Jirisan ?

Monter, descendre, monter, descendre, sans fin. Les montagnes sont pour les Coréens ce qu'est le désert pour les Bédouins, un milieu naturel et spirituel, le sol accidenté d'un peuple qui lit dans le paysage le livre de ses origines, le récit des énergies qui circulent du haut vers le bas. La chaîne montagneuse qui traverse la Corée du nord au sud a repoussé les hommes sur les côtes, de telle sorte que le manque d'espace les a obligés à construire des immeubles en hauteur pour y loger la foule qui s'y masse. Il y a donc peu d'habitants au centre du pays, surtout ici, au sud, dans le parc national de Jirisan où le bus vient de me déposer au sommet d'un pic de moyenne altitude. Je suis à la pointe extrême de l'épine dorsale de la péninsule. A voir les montagnes qui s'étendent en zigzag à perte de vue, on comprend la présence du dragon dans la mythologie des Coréens. Non pas le monstre cracheur de feu et avide de destruction de nos légendes européennes, mais l'être bienveillant, gardien de l'ordre des choses, vieux sage protecteur des rivières, des lacs et des étangs, grand-père assoupi sous un édredon de verdure, dont le souffle somnolent donne naissance aux nuages, à la pluie, à la vie. J'entame la descente par un sentier rocailleux absolument désert. Ce n'est qu'en entrant dans la section boisée que je réalise pourquoi. Il y a un dragon espiègle qui sommeille ici. La mousson du début de l'été a fait le délice des nymphes d'anophèles, et ce sont à présent des nuées de moustiques qui m'assaillent. Je commence à regretter d'avoir pris ce chemin quand apparaît en contrebas une succession d'habitations aux toits qui rebiquent. Là, on peut déguster un kaki glacé, assis sur le banc d'une échoppe où ronronne une ancêtre agitant un éventail greffé à sa main droite, bercé par les psalmodies qui s'échappent de petits temples bouddhiques puis traversent une pagode ouverte aux quatre vents. Rien ne signale le temps qui passe, rien d'autre que le rose pâle des azalées qui fanent tranquillement en plein été, les unes soigneusement cultivées aux abords du lieu de repos et de prière, et les autres, fleurs du hasard enfuies des pots de terre, poussant à flanc de montagne entre les cornouillers sauvages. Une fois remis des fatigues de la descente, je reprends la route, appréciant l'absence totale de moustiques et le contact du goudron après les pierrailles. A l'entrée de la ville de Gurye, il y a une boutique tenue par un jeune couple qui se consacre à l'artisanat du thé et de la poterie. Le visiteur est invité à s'asseoir en tailleur près d'une table basse où il peut passer des heures à goûter la production locale. Je découvre ainsi le thé jaune obtenu à partir de feuilles légèrement fermentées. Sa couleur concentrée dans le petit bol de céramique blanche fait à la main révèle une robe dorée, légèrement ambrée, semblable à celle des whiskies vieillis en fût ancien. Tremper mes lèvres dans ce breuvage reste une expérience aussi inoubliable que la première fois où j'ai marché sur une plage en bord de mer, lu une page de Proust ou vu un tableau de Turner. Elle fait partie des moments rares où l'on *tient* quelque chose pour la vie – où l'on a trouvé ce qui entre en résonance totale avec son être intime et qui, à l'instant de sa découverte, sans qu'il y ait réflexion ni projet, est immédiatement incorporé comme une part de soi-même. Le thé jaune surprend, il dégage une saveur unique, sans rapport avec l'amertume du thé noir et la fadeur végétale du thé vert, un goût décalé qui s'exprime moins par des images concrètes que temporelles, un concentré complexe des saisons intermédiaires, un mélange de printemps et d'automne, de jeunesse et de vieillesse, qui reste longtemps en bouche avec une grande douceur. Je suis si envoûté par le génie qui vient de jaillir de mon bol que je n'ai pas vu le moine qui s'est assis en face de moi. De nombreux temples nichent sur les montagnes de Jirisan. Les bouddhistes ont trouvé là refuge quand les confucianistes les ont tourmentés durant la dynastie Joseon. Outre d'excellents mollets, ils ont acquis dans ces forêts un savoir incomparable sur les plantes médicinales. En grand habitué des lieux, le moine vient à peine d'arriver qu'on lui sert son thé préféré, le même que le mien. Pendant qu'il infuse, son visage s'illumine d'un sourire de Joconde. Il me rappelle un autre moine, bien moins ascétique, un franciscain bedonnant qui venait chaque samedi matin sur le marché de Lourdes acheter d'énormes parts de fromage de brebis et dont le visage exprimait la même discrète béatitude quand d'un geste de la main il indiquait au berger de trancher toujours plus large. Sans parler, en échangeant seulement un regard complice devant notre gourmandise, nous buvons en même temps, lentement, jouissant d'un presque rien – aussi ténu que des mots sur un morceau de papier –, une pincée de feuilles fermentées, un peu d'eau chaude, d'où émane un univers entier.

Grand-mère Seolmundae était une géante. Elle était si grande que ses pieds baignaient dans l'océan quand elle était assise au milieu de l'île Jeju. L'avion est rempli de vacanciers et de jeunes mariés en voyage de noces. Il y a dans l'air la décontraction d'une salle de vaudeville avant le lever de rideau. De Kwangju à l'île Jeju, c'est un saut à pieds joints de deux cents kilomètres. Située entre la Corée et le Japon, Jeju est une ellipse parfaite au milieu de laquelle trône la plus haute montagne de Corée du Sud, le volcan Hallasan, de près de deux mille mètres d'altitude. *Un jour qu'elle dormait, Grand-mère Seolmundae péta. Le monde s'embrasa dans un tonnerre de feu. Pour éteindre l'incendie, elle jeta dessus de l'eau de mer et de la terre, et c'est ainsi qu'elle créa l'île Jeju.* Un couple assis à côté de moi feuillette une brochure présentant les merveilles de l'île, ses plages de sable blanc, ses eaux turquoise, ses fruits de mer, ses mandarines, mais aussi les *dol hareubang*, grands-pères de pierre, antiques statues oblongues qu'on croise un peu partout, figurant un personnage rigolard à chapeau et gros nez rond, qui se tient la panse comme pour dire au promeneur de ne pas s'en faire et de profiter de la vie tant qu'il est temps. A la page suivante, trois femmes d'âge mûr chevauchent joyeusement un phallus coloré dans le parc d'attractions Loveland. Le corset moral se détend quelque peu sous la poussée d'un fonds païen qui palpite encore au large de la péninsule. On s'épargnerait bien des tourments à limiter l'exploration métaphysique au pet des origines. *Grand-mère Seolmundae fit une très haute montagne en portant de la terre dans son tablier. Mais celui-ci était troué, et la terre qui s'en échappa pendant son dur labeur donna naissance aux trois cent soixante cratères secondaires éparpillés autour du Hallasan.* Jeju, c'est la Corée et ce n'est plus tout à fait la Corée. Ce n'est pas le Japon non plus. C'est un monde à part, un monde en soi, avec son climat, son peuple, son dialecte, ses cérémonies chamanes, ses esprits, une île mystérieuse dont le caractère unique se montre déjà vu du ciel. La présence massive du Hallasan au milieu de centaines de protubérances volcaniques, le bocage de pierres de basalte qui gribouille une trame aléatoire en plaine, les côtes où alternent la netteté des plages de sable et les échancrures de roche noire en font une île pour l'imagination, un lieu propice à tous les délires, mythes collectifs, légendes lointaines, rêves personnels. Plus je m'approche d'elle et plus je me demande si elle existe. *Comme elle travaillait beaucoup, Grand-mère Seolmundae usa ses habits. Elle demanda aux gens de Jeju de lui faire de nouveaux sous-vêtements, et en échange elle construirait pour eux un pont les reliant au continent.* Jeju est célèbre pour les *haenyo*, ces plongeuses capables de rester de longues minutes en apnée pour ramasser des coquillages et crustacés au fond de l'océan. Certaines ont plus de soixante-dix ans. On peut encore en voir nager en petits groupes lors de sorties de plusieurs heures. Elles grenouillent à une centaine de mètres de la côte et disparaissent soudainement comme des poules d'eau pour une durée effrayante. Les hommes s'arrangent très bien de cette coutume. Au sud de Jeju, il y a une île plus petite, Mara, où il est encore plus fréquent que les maris s'occupent des enfants tandis que les épouses rapportent l'argent du foyer en plongeant, une inversion des rôles qui ferait hurler les confucianistes du continent. Et si Seolmundae, les *haenyo*, mes grands-mères de

Malli-dong, et finalement la Corée ne faisaient qu'une ? *Mais les habitants de Jeju ne parvinrent pas à réunir suffisamment de soie. Le pont ne fut jamais construit et l'île resta isolée du monde.*

Le 16 août 1653, le *Sperwer*, bâtiment commercial hollandais, est pris dans une mer déchaînée à l'approche du Japon. La tempête l'écarte de sa destination, les vagues déferlent sur le pont, les hommes ne s'entendent plus crier. A la nuit tombante, une vague plus puissante que les autres submerge le navire par l'arrière et emporte le mât comme un fétu de paille. Aussitôt, l'eau envahit les cales et, quelques instants après, le *Sperwer* se fracasse sur les récifs de la côte sud d'une île inconnue située entre la Corée et le Japon. On compte trente-six rescapés sur les soixante-quatre membres d'équipage. Ils errent sur la plage, hagards et dénudés, croyant l'île déserte alors que des dizaines de curieux les scrutent dans la pénombre. Ils ignorent encore qu'ils vont passer treize années de captivité en Corée avant que huit d'entre eux ne parviennent à s'enfuir au Japon et à rejoindre leur patrie en 1666. Hendrik Hamel, responsable du livre de comptes du *Sperwer*, vingt-trois ans au moment du naufrage, fait partie des fugitifs. Il publie le récit de ses aventures en 1670. C'est le premier témoignage en Europe sur le royaume ermite, et la première description de l'île Jeju, que Hamel appelle Quelpaert. L'origine de ce nom est mystérieuse. Le mot néerlandais *quelpaert* désignait un type de navire, un escorteur. Certains auraient pu être inspirés par la forme oblongue de l'île rappelant la coque de ce bateau, une ressemblance accentuée par le volcan

Hallasan planté en son milieu tel un mât de deux mille mètres de haut. D'autres auraient considéré Jeju comme l'escorteur immobile des terres japonaises bien plus vastes. Selon une explication plus poétique, elle tirerait son nom du français *quelque part*, rappelant combien ce territoire était inconnu, et le restera longtemps après le séjour de Hamel et de ses compagnons. L'île est redécouverte seulement un siècle plus tard par La Pérouse qui navigue à l'ouest et au sud de Jeju le 21 mai 1787. Mais il n'y accoste pas, refroidi par le récit de Hamel, expliquant que les visiteurs y sont reçus à coups de bâton. Il s'en désole – *elle appartient malheureusement à un peuple à qui toute communication est interdite avec les étrangers* – et file vers le Japon. Pour les Européens, elle sera l'île de Quelpaert jusqu'au début du XXe siècle. Quand le père Etienne Chargebœuf rédige en 1913 le rapport de sa mission évangélique à l'île Jeju, il utilise encore ce nom et en fait même un adjectif pour décrire le volcan Hallasan, *grand pic quelpaertois.* En juin 1970, Nicolas Bouvier visite l'île dont il apprécie le nom légendaire. Ni Chine, ni Japon, ni Corée, île perdue au milieu de nulle part, île de quelque part. *Je reviendrai mourir ici,* note-t-il, charmé par ce lieu singulier. Il n'a pas tenu promesse.

Monter, descendre, une dernière fois. Six heures du matin au pied du Hallasan. Des volutes blanches ourlées de vapeurs grises serpentent au sol. La montagne finit sa nuit, hume sa proie. Les marcheurs filent devant, disparaissent dans la brume. La forêt étouffe les voix, enfin le silence. Un daim sort sa tête du feuillage, se fige, me regarde, vague reflet dans ses yeux d'agate noire. Deux heures plus tard, les arbres abandonnent la partie et le cône évasé du volcan surgit à contre-jour du soleil encore horizontal. J'aime être là, débarrassé de tout exotisme, je ne suis plus étranger et je n'ai pas de nationalité, je ne suis pas plus en Corée que je n'étais en France. A chaque pas, le monde change de perspective ; à chaque pas, il y a mille choses à voir et une chose à dire. Où qu'on soit, on est toujours sur l'île de Quelque part. Les formes volcaniques émergent de l'ombre. Un piton humanoïde, un esprit pétrifié sans doute, salue le visiteur, ou le surveille. Des troupeaux de basalte paissent dans l'herbe jaunie. Accroché à la falaise par trois fils de racines, un pin chétif ploie vers le sol – attente patiente et tranquille du moment où il se laissera tomber dans le vide. Le cratère s'élargit encore, ouvert comme une fleur d'hibiscus, explosion fixe de roche aux bords acérés. Les marcheurs se bousculent vers la fin. Nous sommes des insectes grouillants à l'entrée de la fourmilière. Grand-mère Seolmundae a bien travaillé. Le cratère contient un petit lac qui se remplit quand il pleut. Maintenant, il s'évapore en fumerolles innocentes. Midi, le soleil se reflète dans la flaque d'eau, image du dernier feu terrestre qui fit la gloire du Hallasan il y a une dizaine de siècles. On ne peut aller plus haut ni voir plus loin. Au sommet du volcan, j'embrasse l'île entière, ovale parfait bordé d'une coquille d'écume ; elle tient dans mon regard comme un œuf dans la main. C'est un sentiment de complétude identique que doit ressentir celui qui termine une œuvre de longue haleine. Au sommet, j'ai l'impression non pas d'avoir gagné en altitude mais d'être remonté en surface – d'avoir atteint après un long détour le point de départ. Le projet se révèle seulement quand il prend fin, si bien que le voyage commence lorsqu'il s'achève.

Amaurose fugace. J'ai à peine le temps de profiter de la vue depuis le Hallasan que la ligne d'horizon se met à pencher sur la droite, entraînant avec elle le panorama dans un chavirement vertigineux d'ouest en est. Serait-ce un coup de colère de Namazu, ce poisson-chat mythologique sur lequel repose le Japon ? Quand le paysage approche les quatre-vingt-dix degrés d'inclinaison, je m'affaisse au sol, le dos appuyé contre un rocher de basalte comme au bastingage d'un navire en train de sombrer. Non, c'est autre chose, une lessiveuse de tous mes repères, une tempête intérieure probablement due à l'éclatement d'un fin vaisseau dans le cerveau. Puis c'est la bascule, le grand huit, tout s'inverse, le haut devient le bas, le bas le haut. J'agrippe des touffes d'herbe pour ne pas tomber vers le ciel qui s'ouvre sous moi, mes orteils se recroquevillent comme s'ils pouvaient me retenir de chuter dans le vide. Je reste ainsi complètement désemparé pendant quelques secondes d'impuissance, livré à un manège infernal qui me maintient la tête en bas, avant qu'il ne se remette en mouvement, poussant le paysage à retrouver sa place initiale avant de s'enfoncer aussitôt à l'est, sans temps d'arrêt, à tourner toujours plus vite, dans une rotation accélérée de toupie dont la force centrifuge me plaque au sol, si bien que je suis incapable de lever le petit doigt ou d'ouvrir la bouche pour appeler au secours. Je suis une fourmi sur un boomerang lancé par un athlète. Je ferme les yeux un temps indéfini malgré une pointe de basalte qui me taillade le dos. Quand je les rouvre, c'est avec la crainte de trouver un monde à l'envers, retourné comme un gant, où les hommes marcheraient sur la tête en reculant. La mer, les bords de l'île, les volcans secondaires, le cratère du Hallasan, tout est à sa place, l'horizon semble stabilisé ; mais les randonneurs sont partis et des sauterelles se baladent sur mon corps. Je me lève trop brutalement, tel un buveur qui a oublié qu'il est ivre. Ma vision se trouble, je suis plus myope qu'au fond d'une piscine. J'entame la descente en m'accrochant aux cordes. Elles suivent les derniers hectomètres de l'ascension, là où le passage est le plus raide. Ensuite, c'est une section encombrée de grosses pierres, et enfin trois kilomètres de descente sur un chemin de terre à l'ombre des sapins, des chênes et des érables. J'aperçois une forme humaine qui titube au milieu de la caillasse volcanique. C'est une jeune femme au pied bot. Nous sommes les derniers à descendre du Hallasan. *Je n'y vois rien, vous n'arrivez pas à avancer, on doit pouvoir s'entendre.* Elle me sourit d'un air désolé. Elle est venue avec un groupe de randonneurs. Ils lui ont dit qu'ils l'attendraient en bas. C'est ce qu'elle espère en tout cas. Ils doivent déjà être sur le parking en train de manger de la pastèque et des mandarines de Jeju tout en pestant contre l'infirme qui retarde le départ de leur bus. Je lui prends la main, elle tente mollement de la retirer par politesse et nous descendons d'un bon pas, elle qui me guide, moi qui la soutiens. Arrivés en bas, le bus est parti. Je lui propose de partager un taxi. *Non, non, merci, il ne faut pas créer d'embarras, au revoir,* me répond-elle en s'inclinant, avant de s'éloigner en boitant sur sa semelle orthopédique, tandis que j'ai toujours la chaleur de sa main dans la mienne.

Tac, tac, tac. Trois coups, brefs, secs. Un marteau enfonçant un clou. Silence. Trois autres coups, plus rapides, plus forts aussi. Silence. Une série de cinq claquements désordonnés. Silence. Deux coups puissants. Silence. Une dizaine de chocs chaotiques, certains rapprochés, d'autres espacés. Un son strident, long cri métallique, sirène à l'agonie. Silence. Le cœur s'affole, se fatigue à suivre un rythme absent, ses battements se dérèglent, accélérations et ralentissements permanents, absence totale d'harmonie, impossible de caler sur ce vacarme une image, une pensée, juste l'insupportable incertitude des percussions à venir, l'attente angoissée lors des pauses dont la durée sans cesse varie. L'intensité des coups est elle-même imprévisible, le pivert alterne avec le marteau-piqueur dans une assourdissante sidérurgie. Je dois cette séance d'IRM à la pantomime exécutée devant un médecin ahuri du Halla Hospital pour lui montrer, faute de mots, le naufrage que je venais de vivre au sommet du volcan. Tête calée par des morceaux de mousse, enserrée dans une cage en plastique, corps allongé dans un tunnel aussi étroit qu'un cercueil, je renonce à identifier un rapport quelconque entre les sons brutaux qui jaillissent de la machine tels les diables et les monstres du train-fantôme des attractions foraines. Mes efforts se relâchent, mon cœur se calme, ma volonté se déconnecte ; et curieusement je finis par apprécier cette cacophonie. Elle exprime si bien mon ennemi, le chaos des choses éparses contre lequel je lutte depuis la petite enfance, le grand blanc des perceptions brouillonnes, le fouillis des visions sans rapport, le vacarme des bruits sans lien, que je l'aime de matérialiser ainsi ce qui correspond si peu à ce que je vois, ce que je devine du monde. Après trente minutes de matraquage, le médecin m'extirpe de ma boîte. Les sons résonnent encore dans mes oreilles, puis s'estompent peu à peu, me libérant définitivement de l'emprise du désordre insignifiant. *Vous n'avez rien, mais prenez ces médicaments pour fluidifier le sang.* Il me tend une enveloppe avec les images de mon cerceau découpé en rondelles. C'est une merveille, on dirait des mappemondes du XVe siècle. Il me semble voir la carte circulaire que le Vénitien Fra Mauro a dessinée dans les années 1450. Elle montre une image fœtale du monde. Un vaste territoire informe s'étend de l'Europe vers une Asie incertaine, dentelée à sa périphérie de péninsules et d'îles supposées. L'Afrique ressemble à un poumon déchiqueté par des fleuves gigantesques. L'Amérique n'a pas encore été découverte. A la même époque, les Coréens dessinent leur carte du monde, le *Kangnido*. L'Extrême-Orient si vague sur la carte de Fra Mauro est ici clairement représenté. La péninsule Arabique et la mer Rouge sont faciles à identifier, tandis que l'Afrique se perd dans le flou d'un territoire comprenant une grande mer intérieure, peut-être la Méditerranée mal placée. L'Europe est une tache grossière qui prolonge l'Afrique. Pour avoir une image assez fiable, il suffit de réunir ces deux paysages mentaux en complétant une carte avec l'autre, le monde vu depuis l'ouest avec le monde vu depuis l'est. *Je vous assure, vous n'avez rien.* Le médecin s'inquiète de me voir absorbé dans les tranches de mon cerveau où je navigue d'ouest en est. Si, j'ai *quelque chose*, docteur, mais c'est à moi de le dire. Mes résonances magnétiques sont l'inverse des vôtres.

PAYS NATAL

Trop loin à l'est, c'est l'ouest.

PROVERBE IRLANDAIS

Rentré à Séoul à la fin de l'été, je trouve une grue devant ma fenêtre. L'immeuble d'en face a été rasé, remplacé par une fosse tapissée de béton d'où sortent des tiges de métal autour desquelles s'activent des grappes d'ouvriers. Où sont passées les grands-mères ? Je me précipite dans l'escalier pour aller frapper à la porte de ma logeuse. Mais c'est une femme d'une cinquantaine d'années qui m'ouvre, son sosie redressé et plus en chair. Sa mère est morte il y a quelques jours. Elle a attendu la fin de l'hiver, mais comme elle n'est pas partie au printemps, elle a attendu la fin de l'été et elle est morte au début de l'automne, comme elle le souhaitait, en dérangeant le moins possible, après la mousson et les grosses chaleurs. *On vendra bientôt, il faudra partir, au revoir.* Et la porte se referme sur la chambrette de la défunte où la lumière clignote à chaque va-et-vient du bras de la grue devant le soleil.

Parce qu'il donne une raison de s'inquiéter, le fantôme rassure. On reporte sur lui d'autres phénomènes, bien plus irrationnels, terrifiants ceux-là, la disparition totale après la mort, la souffrance subie que rien n'explique ni ne justifie, les hallucinations, les réactions incontrôlables, les menaces qui se dérobent à la lumière ou les désordres de la nature. En peuplant le monde d'esprits agissant pour le pire, parfois le meilleur, l'imagination procure un objet à ses terreurs. Les exactions des Japonais ont tellement marqué la population coréenne qu'on croyait que des fantômes de Japonais hantaient les rues de Séoul après la fin de l'occupation coloniale. Quand elles sortaient le soir, les femmes cachaient un sachet de piment rouge dans les manches de leur vêtement. Assurément, les fantômes prendraient leurs jambes à leur cou si on leur jetait de la poudre pimentée à la figure. Jusque dans les années 1960, une jeune femme qui tombait enceinte avant le mariage disait avoir été violée par un fantôme. Les apparences étaient préservées, on plaignait l'infortunée de son double malheur et on s'efforçait de penser à autre chose.

Bien des fantômes subsistent encore aujourd'hui en Corée du Sud. La paralysie du sommeil y est curieusement très fréquente. Elle se caractérise par une déconnexion entre le corps et le cerveau, le premier restant endormi, inerte, tandis que le second s'active, réveille la conscience et fait entendre des sons ou montre des images. On est alors visité par le *gawi nullim*, littéralement la pression par les ciseaux. On a la sensation que quelque chose pèse sur son corps immobile, l'oppression d'un esprit invisible assis sur sa poitrine, qui suscite des rêves lucides. Cette nuit, j'ai ouvert les yeux, je croyais que j'étais réveillé. Mais non, mon corps dormait, pas celui qui l'habite. J'ai vu des ombres clignoter au plafond. Le vent agitait peut-être un morceau d'affiche devant ma fenêtre mais je ne le saurai jamais. Impossible de me lever ou de fermer les yeux. J'ai senti la présence invisible de la grand-mère disparue. C'était effrayant et fascinant à la fois. En arrière-plan de ma conscience inquiète, je jouissais du spectacle tel un patient sous morphine oubliant sa douleur pour s'absorber dans ses visions. Un esprit se versait dans le mien. Rien de spectral ni de mystique, seulement la joie de voir se tisser un lien, illusoire peut-être, onirique certainement, mais aux effets bien réels et définitifs sur la perception que je me ferais à mon réveil de mon séjour ici, un lien très personnel, fait de résonances multiples et de rapports mystérieux à explorer le jour où je partirais en voyage dans mon voyage, un lien avec le monde coréen.

Le lendemain, les meubles de la grand-mère ont été déposés à côté des poubelles, abîmés, trop vieux pour être récupérés ou, pour ceux qui voient dans le malheur des autres un risque contagieux, mis au rebut car entachés par le passage de la mort. Bien peu de chose, deux étagères, un minuscule placard de plastique noir, une commode en pin sur laquelle subsistent les contours incertains d'un couple de canards, symbole de la fidélité, pas de chaise ni de lit, mais la table basse où cet hiver je m'étais assis en tailleur quand elle m'avait offert une tasse de thé. En passant ma main sur le rebord, je peux sentir l'arête en bois usée par le contact de son corps. Il y a des décennies de présence dans cette surface légèrement incurvée qui rappelle la douceur satinée de la grotte de Lourdes lissée par des millions de mains superstitieuses. C'est une œuvre de patience, de gestes quotidiens répétés à l'infini, le lent ajustement de la matière à une existence, qui gît là sur le trottoir. Les objets autour de nous se polissent au fur et à mesure que le corps se flétrit, jusqu'au moment final où l'on disparaît complètement derrière les vagues traces laissées après soi. Comme sous l'hypnose de la zone lustrée qui brille au soleil, je dégage la table basse du bric-à-brac et l'emporte chez moi avec autant de précautions que si je portais le corps fluet de la grand-mère. *J'attends la fin de l'hiver*, répétait-elle en me tapotant le genou. Je ne sais pas ce que j'attends, mais l'automne commence – bientôt l'hiver.

Il faudra partir. Mais suis-je déjà arrivé ? Et arrive-t-on jamais quelque part ? N'est-on pas toujours déjà sur le départ ? Attristé par la perte de mes grands-mères que je regrette de n'avoir pas su connaître autrement que par les regards et les gestes d'une pièce muette que nous répétions chaque matin, elles rigolardes sur leur terrasse, moi les saluant à ma fenêtre, je descends la colline de Malli-dong, traverse Myeong-dong, puis m'enfonce dans le quartier de Jongno avec le sentiment inédit d'être un intrus. Il a suffi de la perte de quelques repères pour m'expulser de la Corée imaginaire où je vivais depuis neuf mois. Me voici en pleine réalité, et je ne la connais pas. Je tourne en rond dans Jongno, je ne reconnais rien, les enseignes lumineuses me désorientent, le vacarme des innombrables haut-parleurs maintient douloureusement en éveil mon impression de jurer dans le paysage. C'est pourtant ici, dans cette rue, j'en suis certain, que se trouvait le bar de lady Luck. Mais il a disparu, remplacé par un magasin de chaussures. Ce changement si brutal en vient à me faire douter. Je n'ai tout de même pas rêvé les nuits passées à converser en anglais avec lady Luck ! J'entends encore sa voix rauque et rieuse résonner dans la salle de son bar minuscule dont j'étais la plupart du temps le seul client. Cette voix, ce regard vif malgré d'amples poches sous les yeux, la présence rassurante de cette femme singulière, les bocaux où macéraient dans de l'alcool des homoncules de ginseng, le seul endroit de Séoul, de Corée peut-être, où l'expression *à la bonne franquette* avait du sens, je ne les ai pas inventés, ils existent bien quelque part, ailleurs que dans mon souvenir.

Il y a pour chaque phase de la vie un point précis qui, quand on l'atteint, devient un seuil au-delà duquel il ne semble possible d'aller ni plus haut ni plus loin. C'est un moment, différent chez chacun, au surgissement aussi imprévisible que la chute d'un rocher au bord d'une falaise, où la mémoire prend le pas sur l'expérience, où l'on se met à se souvenir au lieu de vivre. C'est l'un des premiers chocs de l'enfance, la prise de conscience qu'on a un passé. Je peux parfaitement l'identifier. J'avais dix ans et je me suis trouvé un jour sur un palier après des années d'ascension insouciante dans le pur présent. D'un côté, on se sent désemparé et vide comme si très jeune on avait déjà vécu sa vie ; d'un autre, on voit la réalité se diviser en strates issues d'une géologie intime, reliées par un réseau de correspondances infinies, si bien que les choses qui nous entourent s'effacent les unes après les autres pour réapparaître costumées et maquillées, tels des comédiens passant de la ville à la scène. La réalité disparaît ainsi pour laisser place à un monde instable, parfois vain, parfois spectaculaire. Cette arrivée sur la ligne se répète souvent dans la vie. A chacun d'apprendre à la domestiquer, à s'y complaire ou à la dépasser. Tout est question d'équilibre, ni fuite en avant ni nostalgie. Me voici à présent sur la crête des choses à Séoul, avec sur un versant l'expérience et sur l'autre le souvenir. La disparition de la grand-mère et celle de lady Luck annoncent l'évaporation de mon séjour, le gonflement en nuage d'une Corée imaginaire qui retombera en pluie le jour où pour partir à sa découverte je n'aurai d'autre choix que de la décrire.

L'impossibilité de retrouver le petit écosystème que lady Luck avait façonné pendant des années autour de son comptoir m'incite à ne pas croire à ce que je vois, si bien que je reste de longues minutes figé devant le magasin de chaussures, me laissant aller à l'hypnose de mon reflet dans la vitrine. A ma grande surprise, mon image aux contours flous se met à sourire, un bras se lève et me salue. Je suis pourtant immobile et d'humeur peu enjouée. Aurais-je perdu la maîtrise de mon corps ? L'aurais-je quitté ? J'ai déjà vécu une sensation semblable. Un jour que j'avais une douleur à l'épaule gauche, j'ai utilisé ma main droite pour noter un mot au tableau. J'ai fait de grandes lettres avec le feutre pour compenser l'absence de précision de mes gestes. Je me suis étonné de pouvoir écrire tout à fait convenablement alors que je suis gaucher. Et, immédiatement, j'ai ressenti une confusion totale. Pendant une bonne minute, je ne savais plus si j'étais gaucher ou droitier. J'ai regardé mes mains avec impuissance, incapable de me déterminer. Mon cerveau n'affichait plus que l'image brouillée d'un écran déréglé, comme à présent où mon reflet fantomatique sourit et me salue dans la vitrine. C'est alors que je réalise qu'un homme se tient face à moi dans le magasin, son image se confondant parfaitement avec la mienne. Puis il se décale et passe la tête par la porte. *Content de vous revoir ! J'ai beaucoup aimé vos cours à l'Alliance, je peux vous offrir une paire de chaussures ?* Je finis par le reconnaître, et par me reconnaître moi-même. Quand je l'ai rencontré cet hiver, il parlait déjà français sans accent alors qu'il n'est jamais venu en France. Je suis si heureux de trouver un repère familier dans ce monde inconnu que j'accepte cette curieuse offrande.

Un Coréen superstitieux tremble d'appuyer sur le bouton quatre d'un ascenseur. Comme la prononciation de ce chiffre ressemble à celle de la mort en caractère chinois, il estime inutile de forcer le destin et de faire le grand saut, au lieu d'aller au quatrième étage. L'anglais *four* étant bien plus inoffensif, il apprécie qu'il y ait un F à la place du quatre dans les ascenseurs. En revanche, il lui est parfaitement indifférent d'habiter au treizième étage et d'ouvrir un parapluie à l'intérieur de chez lui. Quant aux chrysanthèmes, s'il en porte aux funérailles, il en fait aussi son régal en infusion ou en boisson alcoolisée afin de s'imprégner de la force et de la persévérance de ces fleurs qui s'épanouissent à l'automne. Mais il n'écrit pas le nom de quelqu'un à l'encre rouge, sauf à souhaiter sa mort, car c'est de cette couleur qu'on enregistre les défunts. Il évite de se couper les ongles la nuit pour ne pas attirer les souris, toujours promptes à prendre forme humaine pour voler les âmes. Il ne siffle pas non plus la nuit, voilà qui pourrait réveiller les fantômes. Il risque la mort en dormant dans une pièce où tourne un ventilateur. S'il rêve de cochons, il se voit déjà riche. Quand il déménage, il exulte s'il pleut ce jour-là. C'est la bonne fortune qui l'attend dans son nouveau logement. Avant de partir, il ruse. Il ne nettoie pas son ancien appartement afin de tromper les esprits malfaisants qui croiront qu'il n'a pas quitté les lieux, et ainsi ces crapules ne chercheront pas à le suivre. L'année du Cheval, il n'a pas d'enfant, par crainte d'avoir une fille qui, née sous ce signe, serait trop fougueuse pour pouvoir être mariée plus tard. Il interdit à son enfant de se laver les cheveux juste avant un examen. Pareille imprudence risque de vider son cerveau de ses connaissances. Et il évite d'offrir une paire de chaussures, ce serait signifier à la personne qu'il aime un prochain départ loin de lui.

J'aime mes chaussures neuves. Ça frotte et ça brûle par endroits. Elles me rappellent que je suis en Corée comme un châtaignier dans une bambouseraie. Pourtant, des greffons sont apparus sans que je m'en aperçoive. Quand on se pose quelque part, un assemblage hétéroclite de pratiques fragmentaires, de visions tronquées et de bouts de vocabulaire glanés çà et là génère une patine locale qui dépend de la complexion de chacun, de ce que sa personnalité est prête à accepter et à rejeter en se laissant aller à un mouvement d'imprégnation d'où la volonté est absente. Avoir horreur de garder ses chaussures à l'intérieur. Apprécier le contact du sol pour dormir. Boire une dizaine de tasses de thé par jour. Sortir les tartines du grille-pain avec des baguettes. Saisir à deux mains ce qu'on nous donne. Accepter qu'on cherche sans cesse à savoir notre âge pour se positionner hiérarchiquement en aîné ou cadet. Utiliser en français les merveilleuses onomatopées de la langue coréenne qui donnent à entendre ce qui est à voir ou à ressentir, les mouvements de la queue du chien faisant *salang-salang*, le moelleux d'un fruit mûr ou de la chair *malang-malang*, les chaudes larmes d'un enfant *hultsok-hultsok*, les gouttes de transpiration *ppol-ppol*, le brillant ou l'étincelant *bbanjjak-bbanjak*, le grésillement sur la poêle *tadak-tadak*, la dureté du sol gelé *kkong-kkong*. Jouer au go pendant des heures, aimer la pâte de piment, arpenter les montagnes, voir céladon. Ce dépôt culotté au fond de soi finit par donner un goût unique à l'expérience du pays qu'on visite. On évolue alors dans une atmosphère qui détache à la fois de soi-même et de la réalité, où l'on vit, perçoit, pense, rêve d'une façon inédite. Mais elle se raréfie, puis disparaît avec le temps. On aura beau refaire le voyage plus tard, revenir sur ses propres traces, jamais on ne la retrouvera, comme on ne ressent plus l'excitation du premier jour d'école ou les émotions d'un amour de jeunesse. L'étonnement n'aime pas les habitudes. C'est ainsi que ceux qui restent trop longtemps dans un pays étranger n'ont souvent plus rien à raconter, sinon le récit de leurs agacements et de leurs ennuis.

Ils n'ont plus le courage de jeter par terre leur propre peau. Je n'habite pas en Corée du Sud mais dans un lieu à part, intermédiaire, dans un écart précieux entre le monde extérieur et moi-même. Il faut partir avant que ses mâchoires ne se referment définitivement, *kwang-kwang*.

En moins d'une semaine, l'automne a remplacé l'été. Le passage radical des saisons en Corée a quelque chose de rassurant et d'honnête. Pas de faux départ ni de retour en arrière, comme ces printemps français qui sèment des jours d'hiver en mai, ou ces mois d'octobre où l'automne rebrousse chemin avec des chaleurs d'été avant de laisser brutalement place à un hiver glacial, lui-même incertain. Le bleu du ciel s'est approfondi, l'air refroidi, tandis que les collines de Séoul, dans leur robe de ginkgos jaune doré tavelée d'érables au rouge vif, ont pris l'apparence de soleils couchants. La ville tourne au ralenti comme Paris au mois d'août. Demain, c'est Chuseok, la fête des récoltes, moment de célébration des bienfaits de la nature qui donne lieu à une vaste transhumance des citadins vers leur terre natale. Les familles se rassemblent pour une cérémonie devant un autel dressé sur une table basse garnie de nourritures abondantes, puis se prosternent pour rendre hommage aux ancêtres selon un rituel hérité d'un monde paysan et païen dont l'origine se perd dans la nuit des temps. On peut entendre au loin le vrombissement et les klaxons du monstrueux embouteillage de Chuseok qui serpente le long de la rivière Han d'est en ouest. Je passe rapidement devant le bâtiment gris de l'Alliance française qui, se retrouvant à découvert dans la rue sans voitures ni passants comme une jetée à marée basse, semble cependant encore plus que d'habitude étouffé par les tentacules des immeubles qui l'entourent, pour me diriger au pied de la colline Namsan. Là, un café est tenu par un vieux couple qui a aménagé une terrasse rudimentaire avec deux tables en plastique. *Vous attendez quelqu'un ? Non ? Désolé…* L'homme s'excuse, sa question se voulait polie, elle impliquait une réponse positive, tant il trouve étrange de s'attabler seul à un café. Il a une pointe de tristesse dans le regard, comme pour me signifier qu'il compatit. Comme il est de coutume de ne pas se servir soi-même, qui remplira mon verre si je n'ai pas un ami pour m'accompagner ? Assurément, je dois être bien malheureux. Pourtant ce n'est pas le cas, mais je ne sais comment lui faire comprendre qu'il y a parfois une grande joie à se servir soi-même. Alors je lève mon verre au mont Namsan embrasé par les couleurs de l'automne. L'homme disparaît dans sa cahute et en ressort aussitôt avec un verre. *Santé, esprit de la montagne, santé !*

Bien des choses me resteront opaques, aussi impossibles à pénétrer qu'un bloc de granit, les élans du cœur qui entraînent une salle de cinéma à pleurer bruyamment lors de scènes que je trouve anodines, les messages implicites véhiculés par les signes discrets du langage corporel, l'attention extrême portée au regard des autres, parfois jusqu'au suicide, le mimétisme des attitudes, les effets de mode ; et surtout, la rétractation de soi au fond de sa coquille, le besoin viscéral d'être intégré à un groupe, l'inquiétude face à l'improvisation, la réticence à perdre son temps, à flâner et rêvasser. Quand je donnais des cours, j'ai lu « Les foules » de Baudelaire à des adultes de niveau avancé. *Il n'est pas donné à chacun de prendre un bain de multitude : jouir de la foule est un art ; et celui-là seul peut faire, aux dépens du genre humain, une ribote de vitalité, à qui une fée a insufflé dans son berceau le goût du travestissement et du masque, la haine du domicile et la passion du voyage.* Silence, regards perplexes, comme si je venais de lire trois lignes d'équations à plusieurs degrés. *Multitude, solitude : termes égaux et convertibles pour le poète actif et fécond. Qui ne sait pas peupler sa solitude, ne sait pas non plus être seul dans une foule affairée.* Murmures de certains, embarras manifeste. *Le poète jouit de cet incomparable privilège, qu'il peut à sa guise être lui-même et autrui. Comme ces âmes errantes qui cherchent un corps…* Je me suis arrêté, ayant observé qu'une femme venait de grimacer à l'évocation des *âmes errantes*, expression qui agace les superstitions locales. Mais un jeune homme portant un costume-cravate austère a relevé la tête, et son visage aussi ému que surpris disait : *Continuez s'il vous plaît.* Alors j'ai repris ma lecture, en ayant tout comme lui l'impression qu'il s'agissait d'une lettre adressée par un ami à ceux qui poussent partout mais n'ont de racines nulle part. *Comme ces âmes errantes qui cherchent un corps, il entre, quand il veut, dans le personnage de chacun. Pour lui seul, tout est vacant ; et si de certaines places paraissent lui être fermées, c'est qu'à ses yeux elles ne valent pas la peine d'être visitées…*

Le froid augmente, le ciel blanchit. Les gens marchent plus vite que d'habitude. Les Coréens ne se plaignent pas en public. Pour que leur colère explose à la face du monde, il faut beaucoup d'alcool, un profond sentiment d'injustice ou une indignation collective suite à un drame épouvantable. Se dégage alors une énergie sauvage lors de manifestations spectaculaires, certains se coupant un doigt au massicot, d'autres s'immolant en signe de protestation. Aussi, quand mi-novembre tombent les premières neiges, ils ne râlent pas. A quoi bon pester contre l'arrivée irréversible de l'hiver ? Les flocons sont accueillis dans une atmosphère d'acceptation générale dont l'influence se ressent dans les rues même lorsqu'elles sont désertes. Assis devant la table basse, tout contre l'usure du bois, je profite de la chaleur du chauffage au sol en regardant la grue et les échafaudages disparaître derrière un voile de flocons épais qui descendent de plus en plus lentement, déroulant une vaste surface uniforme, une page blanche. Je regarde ce néant virginal sans angoisse, comme un point de départ et une renaissance. En arrivant à Séoul il y a un an, j'ai laissé une peau derrière moi, en partant j'en quitterai une autre, convaincu que mon pays natal a d'autres racines que le territoire. Maintenant que la réalité s'efface dans un mouvement de reflux accentué par les chutes de neige, apparaissent çà et là les coquillages de mon séjour. J'en ferai la collecte quand je serai ailleurs, quand je serai un autre, attendant patiemment que ces fragments, visions furtives, visages entr'aperçus, paroles futiles, éclats de lumière, échos du passé, hasards et détours passent au tamis de la mémoire pour ouvrir ceux qui résistent à l'oubli et comprendre pourquoi. Le projet se révèle seulement quand il prend fin, le voyage commence lorsqu'il s'achève. Toujours plus à l'est, on revient chez soi.

Ce livre doit beaucoup à l'affection et à la patience de Hye Young, aux joyeux échanges avec Hye Jeong et aux déambulations nocturnes en compagnie de Ji Won.

Je tiens également à remercier chaleureusement le professeur Cho Yong Hee pour sa relecture attentive.

TABLE

Achevé d'imprimer
sur les presses
de Horizon Groupe
Parc d'activités de la plaine de Jouques
200, avenue de Coulin
13420 Gémenos

Dépôt légal : mars 2016